COLLECTION FOLIO

Marcel Aymé

Derrière chez Martin

Gallimard

J'ai réuni sous ce titre neuf nouvelles très résolument réalistes. La première, par exemple, est l'histoire d'un romancier réaliste qui prend ses personnages dans une réalité si drue, qu'ils s'animent d'une vie réelle, matérielle, et, retirant à l'auteur son libre arbitre, imposent à son œuvre les exigences de la réalité vécue. Je ne crois pas qu'on ait encore écrit sur un thème aussi réaliste.

Dans les nouvelles suivantes, le dessein réaliste apparaît parfois moins ferme. On contestera qu'un homme puisse n'exister qu'un jour sur deux et qu'une même personne puisse habiter simultanément deux corps et on aura bien raison. Mais qu'on ne s'y trompe pas. C'est justement dans ces apparentes défaillances de la vraisemblance que mon réalisme se montre le plus vigilant, car il ne fait (en réalité) qu'emprunter une forme rigoureusement et sévèrement mathématique... Ainsi, dans Conte de Noël, *le lecteur devra-t-il comprendre que l'enfant Noël n'est que le support mathématique d'une opération permettant de faire passer une chemise bleue des mains de l'adjudant Constantin entre celles d'une petite pensionnaire de la maison de tolérance, ce qui est juste et humain. Tout ceci dit pour avertir qu'on n'ait pas à chercher de « fantastique » dans mon livre, il n'entre aucunement dans mes vues de fonder une école de réalisme imaginaire.*

Les critiques superstitieux ou simplement attentifs aux coïncidences remarqueront peut-être que dans ces nouvelles, la plupart des héros s'appellent Martin. Les titres devenant plus rares d'année en année, j'en ai profité pour appeler mon livre « Derrière chez Martin », quoique j'eusse pu aussi bien l'appeler « Devant chez Martin » ou « A côté de... » ou « Au-dessus de... » ou simplement « Martin » ou encore « Les Aventures de Martin, Les Métamorphoses de Martin, Les Trente-six visages de Martin, Les Travaux de Martin, Confidences de Martin, Heurs de Martin... » Je me sens plein de regret.

M. A.

Né à Joigny dans l'Yonne, en 1902, Marcel Aymé était le dernier d'une famille de six enfants. Ayant perdu sa mère à deux ans, il fut élevé jusqu'à huit ans par ses grands-parents maternels qui possédaient une ferme et une tuilerie à Villers-Robert, une région de forêts, d'étangs et de prés. Il entre en septième au collège de Dôle et passe son bachot en 1919. Une grave maladie l'oblige à interrompre les études qui auraient fait de lui un ingénieur, le laissant libre de devenir écrivain.

Après des péripéties multiples (il est tour à tour journaliste, manœuvre, camelot, figurant de cinéma), il publie un roman : *Brûlebois* aux Cahiers de France et, en 1927, *Aller retour,* aux Éditions Gallimard qui éditeront la majorité de ses œuvres. Le Prix Théophraste Renaudot pour *La Table-aux-Crevés* le signale au grand public en 1929. *La Jument verte* paraît en 1933. Avec une lucidité inquiète, il regarde son époque et se fait une réputation d'humoriste par ses romans et ses pièces de théâtre : *Travelingue* (1941), *Le Chemin des Écoliers* (1946), *Clérambard* (1950), *La Tête des autres* (1952), *La Mouche bleue* (1957).

Ses recueils de nouvelles *Les Contes du chat perché* (1939), *Le Passe-Muraille* (1943) conquièrent tous les publics.

Marcel Aymé est mort en 1967.

Le romancier Martin

Il y avait un romancier, son nom était Martin, qui ne pouvait pas s'empêcher de faire mourir les principaux personnages de ses livres, et même les personnages de moindre importance. Tous ces pauvres gens, pleins de vigueur et d'espoir au premier chapitre, mouraient comme d'épidémie dans les vingt ou trente dernières pages, et bien souvent dans la force de l'âge. Ces hécatombes avaient fini par faire du tort à l'auteur. On disait ordinairement qu'il avait un génie magnifique, mais que tant de morts prématurées rendaient par trop déprimante la lecture de ses romans les plus beaux. Et on le lisait de moins en moins. La critique elle-même, qui avait encouragé ses débuts, commençait à se lasser d'une aussi sombre disposition, insinuant que cet auteur était « à côté de la vie » et l'écrivant même.

Martin, pourtant, était un homme très bon. Il aimait bien ses personnages et n'aurait pas demandé mieux que de leur assurer une longue existence, mais c'était plus fort que lui. Dès qu'il arrivait vers les derniers chapitres, les héros de ses romans lui claquaient dans la main. Il avait beau s'ingénier à les garder saufs, toujours survenait-il quelque fatalité qui les lui ravissait. Une fois, il avait réussi, en sacrifiant d'ailleurs tous les autres personnages, à faire vivre une héroïne jusqu'à la dernière page, et déjà il se félicitait lorsqu'une embolie emporta la pauvre fille à quinze lignes de la fin. Une autre fois, il avait entrepris d'écrire un roman dont l'action se passait dans une école maternelle, afin que les plus âgés de ses personnages n'eussent pas plus de cinq ans. Il pensait avec raison que l'innocence de cet âge, comme aussi bien la vraisemblance, désarmeraient l'implacable destin. Par malheur, il s'était laissé aller à écrire un roman fleuve, si bien qu'au bout de quinze cents pages, les bambins étant devenus vieillards branlants, il n'avait pu résister à recueillir leur dernier soupir.

Un jour, Martin se trouvait dans le bureau de son éditeur auquel il demandait une avance d'argent avec un sourire modeste. L'éditeur souriait aussi, mais d'un air qui ne disait rien de bon, et en effet, détournant la conversation, il demanda :

— A propos, est-ce que vous nous préparez un roman ?

— Oui, justement, répondit Martin. J'en ai déjà écrit plus du tiers.

— Et vous êtes content ?

— Oh ! oui, fit Martin avec chaleur, je suis vraiment content. Je ne voudrais pas me flatter, mais je crois n'avoir jamais été aussi heureux dans le choix des personnages et des situations. Tenez, je vais vous dire en deux mots de quoi il s'agit.

Et Martin exposa le sujet de son roman. C'était l'histoire d'un chef de bureau, nommé Alfred Soubiron, âgé de quarante-cinq ans, qui avait des yeux bleus et une petite moustache noire. Cet excellent homme vivait heureux avec son épouse et son jeune fils, lorsque sa belle-mère, soudain rajeunie par une opération de chirurgie esthétique, lui inspirait une passion incestueuse qui ne le laissait plus en repos.

— Ah ! ah ! très bien, murmura l'éditeur, très bien... mais dites-moi : sous les apparences de la jeunesse, la belle-mère de ce monsieur Soubiron n'en a pas moins soixante et onze ans...

— Justement ! s'écria Martin. C'est là un des aspects les plus dramatiques de la situation !

— J'entends bien, mais à soixante et onze ans, pour

peu que la Providence ne soit pas très bienveillante, la vie ne tient souvent qu'à un fil...

— Cette femme-là est d'une constitution exceptionnellement robuste, assura Martin. Quand je pense avec quelle vaillance elle a supporté...

Il s'interrompit, demeura un moment rêveur, et reprit d'un air tourmenté :

— Évidemment, une personne aussi âgée est toujours à la merci d'un accident, sans compter que le choc des passions peut hâter l'usure d'un organisme malgré tout fatigué. Au fond, c'est vous qui êtes dans le vrai...

— Mais non! protesta l'éditeur, mille fois non! ce que j'en disais là, au contraire, était pour vous mettre en garde contre la tentation. Vous n'allez tout de même pas vous priver d'une femme indispensable au développement de l'action! ce serait une folie!

— Vous avez raison, accorda Martin, j'ai besoin de cette femme... Mais je pourrais la faire mourir à la fin, par exemple au moment d'une entreprise décisive de son gendre... L'émotion, la gratitude, le remords, lui feraient rendre l'âme dans une étreinte délirante... On voit très bien une rupture d'anévrisme ou un transport au cerveau...

L'éditeur objecta qu'un pareil dénouement était d'une banalité redoutable, d'autant plus attendu que la tendance de Martin était trop connue. Après avoir longtemps disputé, il obtint que la belle-mère tomberait simplement dans un état comateux laissant au lecteur une lueur d'espoir. La résistance de l'auteur l'avait irrité et il s'enquit sévèrement :

— Et comment se portent les autres personnages? Pouvez-vous m'affirmer qu'ils sont tous en bonne santé?... Parlons d'abord d'Alfred Soubiron...

Sous le regard de son éditeur, Martin devint tout rouge et baissa la tête.

— Je vais vous expliquer, dit-il. Alfred Soubiron est très solide. Il n'avait jamais été malade de sa vie et l'autre jour, bêtement, il a fallu qu'il attrape une congestion pulmonaire en attendant l'autobus. Il faut dire aussi que cette maladie-là était nécessaire. En l'absence de sa femme, Soubiron, en effet, doit être soigné par sa belle-mère, et c'est précisément cette intimité de chaque instant qui va lui faire découvrir sa passion, et peut-être même le décider aux aveux.

— Puisque le développement de l'action l'exige, c'est bon... L'essentiel est qu'il se rétablisse rapidement. Où en est-il ?

Martin rougit encore une fois et murmura :

— Il ne va pas fort. Ce matin, j'ai encore travaillé à mon roman et la température est montée à quarante et un deux dixièmes. Je suis inquiet...

— Bon Dieu ! s'écria l'éditeur, il ne va tout de même pas mourir ?

— On ne sait jamais, fit Martin. Il faut compter avec les complications... L'autre poumon peut se prendre à son tour... C'est justement ce que je redoute pour Soubiron.

L'éditeur réussit à contenir son indignation et fit observer sur le ton encore amical :

— Voyons, ce n'est pas sérieux. Si votre Soubiron vient à mourir, il flanque tout le roman par terre. Réfléchissez...

— J'ai déjà envisagé les conséquences de sa mort, repartit Martin, et à vrai dire elle ne me gêne en rien, au contraire... Lui mort, la belle-mère est libre de s'abandonner à ce qu'elle croit être son destin de jolie femme. C'est alors une bien curieuse situation que celle de cette adorable créature que les hommes désirent passionnément et qui écoute leurs aveux brûlants avec la sérénité de ses soixante et onze ans. Vous rendez-vous compte que cette attitude de superbe et pitoyable indifférence était impossible avec un homme auquel l'unissait un lien de parenté ? Grâce à la mort de Soubiron, je rejoins le thème éternel de l'impassible beauté, mais rajeuni, transformé, en un mot, actuel ! J'aperçois déjà, dans cette monstrueuse dualité de la nature et de l'apparence, je ne sais quelle menace sournoise, encore imprécise, qui est comme un germe de mort...

Ramassé dans son fauteuil et le visage congestionné, l'éditeur fixait sur le romancier un regard sanglant. Voyant son trouble, Martin pensa qu'il était pris aux entrailles par la beauté du sujet ; il poursuivit avec exaltation :

— Je vois ses soupirants, et vous les voyez comme moi, chercher en vain l'accès d'un cœur insensible et mourir de consomption et de désespoir. Elle-même, lasse d'une aventure aussi inhumaine, finit par prendre en haine la beauté fallacieuse de son corps et de son visage. Un soir, au retour d'une fête où un académicien et un jeune attaché d'ambassade se sont suicidés à ses genoux, elle répand sur elle un flacon de vitriol et meurt dans d'épouvantables souffrances. Ah! on peut le dire, c'est bien là le dénouement commandé par la vérité intérieure...

Martin n'alla pas plus loin dans sa conclusion. Penché sur la table qui les séparait, son éditeur cognait des deux poings sur le bois, avec une violence qui faisait sauter pêle-mêle les porte-plume, les projets de contrat et les justificatifs. Et il rugissait qu'il ne voulait plus entendre parler d'un pareil roman.

— Pas un sou! vous m'entendez bien? Je ne risquerai pas un sou sur cette hécatombe dégoûtante! Et ne comptez pas non plus sur une avance, ça va sans dire! Je ne ferai pas la sottise d'encourager vos macabres entreprises! Si vous voulez de l'argent, apportez-moi un manuscrit où les personnages aient l'œil clair et le teint frais jusqu'à la fin... Et qu'il n'y ait pas un mort, pas une agonie, pas même une velléité de suicide. En attendant, la caisse est fermée.

Martin, justement révolté par la tyrannie de son éditeur, délaissa son roman pendant plus d'une semaine. Il pensa même à abandonner la littérature et à devenir garçon de café ou crieur de journaux, pour dénoncer ainsi avec éclat l'oppression où les exploiteurs de l'art et de la pensée tenaient les écrivains. Sa colère finit par s'apaiser, et le besoin d'argent lui fit découvrir des raisons honnêtes et glorieuses à la guérison du chef de bureau.

La congestion du deuxième poumon fut donc heureusement évitée, et la fièvre se mit à baisser régulièrement. La convalescence traîna un peu, mais dans une atmosphère de passions troubles, qui fournit trois chapitres excellents. L'auteur, néanmoins, regrettait confusément l'abandon de son idée première et, pour tout dire, se sentait une mauvaise conscience, comme s'il eût trahi une nécessité du drame qu'il conduisait. Le rétablissement d'Alfred Soubiron le choquait, de même que l'éclatante jeunesse de la belle-mère, à présent qu'elle n'était plus menacée de mort, lui paraissait une indécence. A chaque instant, il lui fallait résister à l'envie sournoise de les affliger l'un et l'autre de quelque rhumatisme, même bénin, qui les eût avertis, dans leur santé insolente, de la fragilité de l'existence humaine. Mais sachant trop sur quelle pente périlleuse l'eût engagé cette modeste revanche, il se représentait vivement le carnet de chèques fleurissant dans la main de son éditeur et trouvait dans cette image, la force de se dérober à la tentation. En tout cas, son remords de conscience eut un effet bienfaisant, celui de l'incliner à une extrême sévérité dans le développement de l'action. Puisque l'éditeur lui disputait l'accidentel, il voulait du moins ne rien céder sur la vérité psychologique.

Sur la fin d'un après-midi qu'assis à sa table de travail il attaquait un chapitre tumultueux, Martin entendit sonner à sa porte et cria d'entrer. Une femme d'un tour de taille important pénétra dans la pièce. Vêtue sans élégance, mais d'étoffes cossues, elle tenait un parapluie d'un format sérieux. Les traits du visage étaient empâtés. Entre les mentons et la pointe du décolleté, la peau avait cet aspect grumeleux et violacé qu'on voit aux femmes sanguines tourmentées par le retour d'âge.

Martin, pris dans le remous d'une longue phrase, fit avec sa main gauche un geste d'excuse sans lever les yeux ni la plume de son papier. La visiteuse s'assit à quelques pas et demeura silencieuse à regarder le profil de Martin dans la lumière de la lampe posée sur la table. Et tandis qu'elle se livrait à cet examen, son visage placide de bonne femme ordonnée s'altérait, hésitant, semblait-il, entre la colère et l'effroi. Son regard s'attachait parfois à la plume de l'écrivain, qui courait sur le papier et, dans la pénombre, ses yeux luisaient d'une curiosité ardente.

— Je vous demande pardon, dit Martin en se levant, j'ai pris la liberté de finir une phrase qui voulait être menée tout d'un souffle. C'est un des ridicules de notre métier de nous croire toujours pressés par l'inspiration...

Il attendit qu'elle protestât poliment, et, en effet, il la vit remuer les lèvres, mais sans qu'il en sortît autre chose qu'un murmure incompréhensible. Elle paraissait très émue. Il s'excusa de la laisser dans une demi-obscurité et alla donner la lumière du plafond. Dans le plein éclairage, il lui sembla d'abord reconnaître une figure familière. Après examen, il se fut bientôt convaincu qu'il ne l'avait jamais vue. Pourtant, cette maturité abondante, et le parapluie qu'elle avait en main éveillaient presque un écho dans sa mémoire. Comme leurs regards se rencontraient, elle lui dit avec une ironie mélancolique :

— Bien entendu, vous ne me reconnaissez pas ?

Martin s'en défendit, mais avec une hésitation dans la voix, comme pour demander qu'on voulût bien l'aider à compléter ses souvenirs. La visiteuse se pencha sur son parapluie où elle venait d'apercevoir une trace de poussière et, après l'avoir effacée du bout de sa main gantée, elle dit en relevant les yeux :

— Je suis Mme Alfred Soubiron.

Martin ne fut nullement surpris d'avoir en face de lui l'épouse du chef de bureau. Il n'est pas bien rare qu'un romancier soit visité de ses personnages, quoiqu'ils ne se manifestent pas couramment avec une présence aussi certaine. En tout cas, cette apparition lui était une assurance qu'il avait su animer les héros de son roman avec une maîtrise incomparable et il se laissa aller à songer : « Ah ! si la critique pouvait voir ça, elle qui me reproche d'être à côté de la vie, quel remords elle aurait... » Cependant, Mme Soubiron poursuivait avec un soupir de tout son corsage :

— Oh! j'étais bien sûre que vous ne sauriez pas me reconnaître! Une épouse de quarante-sept ans, fidèle, bonne ménagère, qui n'a jamais causé de scandale, qui n'a jamais failli à son devoir, ce n'est qu'un personnage de troisième plan, qui n'intéresse guère les romanciers. Ils sont plus à leur aise avec les créatures...

Martin, ému par l'amertume de cette dernière parole, eut un mouvement de protestation. Elle eut peur de l'avoir indisposé et se hâta d'ajouter :

— Je ne vous fais point de reproche. Je sais bien ce que c'est que les artistes... Monsieur Martin, vous devinez probablement l'objet de ma visite. Quand je suis partie pour le Midi avec mon jeune fils, il y a deux mois, ma mère était déjà opérée, mais les pansements qui l'enveloppaient encore ne permettaient pas d'imaginer un pareil résultat. Quand je suis rentrée, avant-hier, que j'ai vu cette jeune femme... mon Dieu! quel changement...

— Il est certain qu'elle est délicieuse, laissa échapper Martin.

— Délicieuse... délicieuse! Est-ce qu'une femme de soixante et onze ans peut être délicieuse? Maman est tout simplement ridicule. Et de quoi ai-je l'air, moi qui parais vingt ans de plus qu'elle? Mais vous n'avez guère pensé à tout ça... Au moins, le scandale d'une passion aussi honteuse aurait dû vous révolter! Mon Dieu! pauvre M. Soubiron, lui toujours si tranquille, si correct, si affectueux aussi... comment peut-il penser à des choses... Mais qu'est-ce qui s'est donc passé pendant mon absence? vous qui êtes si bien au courant...

— Hélas! soupira Martin, c'est comme une fatalité. On ne vous l'avait pas écrit pour ne pas vous inquiéter, mais vous savez que M. Soubiron est tombé malade, et très gravement, puisqu'on a pu craindre pour sa vie. Madame votre mère l'a soigné avec un grand dévouement et sa présence presque constante au chevet du malade devait nécessairement favoriser une intimité dangereuse.

A quarante-cinq ans, un homme ne reste pas insensible à tant de jeunesse et de beauté qui semblent ne rayonner que pour lui. Il faut essayer de comprendre les choses... Rendons d'ailleurs à M. Soubiron cette justice qu'il a lutté de toutes ses forces. C'est lundi dernier seulement qu'il a laissé voir son amour pour la première fois. Après le repas du soir, ils faisaient une partie de dominos comme ils avaient l'habitude depuis quinze ans, et M. Soubiron a fait exprès de perdre, quoique l'enjeu fût de vingt-cinq sous.

Les yeux de Mme Soubiron s'agrandirent, ses mains tremblèrent. Elle murmura d'une voix brisée :

— Lui, Alfred... il a perdu exprès... ah ! tout est fini...

— Mais non, rassurez-vous, dit Martin. Rien n'est consommé encore. D'ailleurs, l'état d'âme de Madame votre mère reste très incertain. Elle est encore à s'interroger. Est-elle même capable d'un amour qui réponde, sur un certain plan, à celui de votre mari ? Je n'oserais pas encore l'affirmer...

— En tout cas, une chose est sûre, gémit Mme Soubiron, c'est qu'Alfred l'aime, lui... Quand je suis rentrée, j'ai bien vu de quel œil il regardait maman. Vous pensez, il y a des signes qui ne trompent pas une épouse...

— On ne peut pas se dissimuler qu'il est très amoureux, reconnut Martin. C'est même une chose émouvante et vraiment belle que cette violence dans le désir, cette puissance d'amour qui n'avait pas jusqu'alors trouvé sa pente efficace...

Mme Soubiron devint écarlate, sa peau fuma jusque dans son modeste décolleté, et l'indignation qui la faisait suffoquer l'empêcha seule de protester. Martin, emporté par son sujet, oubliant qui était son hôtesse, parlait comme il eût fait en présence d'un confrère.

— L'avouerai-je ? dit-il avec un sourire un peu ému. Malgré ma volonté de rester sévèrement objectif, la montée d'un désir aussi brûlant et qui menace d'emporter toutes les barrières, toutes les digues, n'est pas sans éveiller en moi certaines correspondances un peu troubles, certaines velléités complices. Il m'arrive parfois d'être grisé par cette lourde ambiance et c'est au point que je résiste avec beaucoup de peine à l'envie de précipiter le moment de la conjonction. Voilà bien le danger pour l'artiste, direz-vous. Sans doute, mais c'est aussi la condition de l'artiste qu'il ne soit pas en bois...

Mme Soubiron s'était levée et marchait sur lui en étreignant son parapluie. Son visage était si menaçant qu'il recula jusqu'à la table.

— Pas en bois, criait l'épouse. A votre aise, Monsieur, à votre aise, de n'être pas en bois ! mais je vous défends d'entraîner M. Soubiron dans la débauche ! je vous le défends ! Si vous voulez précipiter, comme vous dites, le moment de la conjonction, que ce soit la conjonction légitime de deux époux qui ont toujours vécu en bonne harmonie ! Il y aura de quoi écrire un roman honnête qui vaudra mieux que des saletés ! Moi aussi, Monsieur, j'ai des états d'âme et tout ce qui s'ensuit... M. Soubiron n'a jamais eu à s'en plaindre. Alors ? à quoi riment toutes vos histoires ?

Ce disant, elle avança la main vers les feuillets du manuscrit épars sur la table et comme l'auteur en défendait l'accès, elle tenta de les froisser et disperser à la pointe de son parapluie qu'elle lui poussait aux flancs à la façon d'une épée. Enfin, épuisée par cette grande colère, redoutant aussi la rancune de Martin, elle se laissa retomber dans son fauteuil et éclata en sanglots.

Émù par cette douleur, Martin se défendait mal d'un remords. Il avait beau se dire qu'après tout, cette dure épreuve n'était pas pour Mme Soubiron une catastrophe, puisque, chose essentielle, l'homme ne sortait pas de la famille, il était loin d'avoir la conscience tranquille et ne pouvait s'empêcher de réfléchir que si le chef de bureau avait été emporté en temps utile par des complications pulmonaires, sa veuve, pensionnée par l'État, eût coulé des jours paisibles en caressant le souvenir d'un époux exemplaire. A présent, il était déjà trop tard pour le faire mourir.

Mme Soubiron avait séché ses larmes et levait sur lui un regard de supplication.

— Maître (elle l'appelait maître pour le flatter), vous voyez notre malheur... soyez bon, laissez-vous toucher... songez dans quel abîme de honte une pareille passion jetterait une famille honorable... Mon mari est décoré, il a toujours eu l'estime de ses chefs... songez aussi à ma pauvre maman qui a toujours vécu sans reproche... Maître, je sais que vous êtes anticlérical comme tous les écrivains, mais puisque vous êtes au courant mieux que personne, je peux bien vous parler des sentiments de religion qui ont toujours été en honneur chez nous...

Martin écoutait en baissant la tête et était visiblement mal à l'aise.

— Maître, vous qui avez un si grand talent, vous n'avez pas besoin de ces horreurs-là pour écrire un beau livre...

— Bien sûr, dit Martin, mais je n'ai pas en toute cette affaire autant de responsabilité qu'il peut vous sembler. Un romancier honnête est comme le bon Dieu, il n'a pas grand pouvoir. Ses personnages sont libres, il ne peut que souffrir de leurs misères et regretter que leurs prières soient inutiles. Simplement, il a sur eux droit de vie et de mort et, dans le domaine de l'accidentel, où le destin lui laisse parfois une petite marge, il peut aussi leur accorder de modestes consolations. Pas plus qu'à Dieu, il ne nous est permis de nous raviser. Le départ commande tout, et la flèche une fois lancée, il ne faut plus penser à la rattraper...

— Vous ne me ferez pourtant pas croire que votre plume marche toute seule ?

— Non, mais je ne peux pas en faire ce que je veux... Votre mari, lui non plus, dans un rapport qu'il destine au ministre, ne peut pas écrire tout ce qui lui passe par la tête... J'obéis à une nécessité à peine moins étroite, je vous assure...

Mme Soubiron ne voulait pas croire qu'il fût ainsi limité dans sa toute-puissance. Il n'avait, disait-elle, qu'à prendre sa plume et à écrire sous sa dictée. Et comme le romancier haussait les épaules avec découragement :

— Ainsi, ajouta-t-elle, vous ne voulez rien faire pour moi ?

— Mais si, répondit Martin, j'ai le plus grand désir de faire pour vous tout ce qui est possible.

— Alors ?

— Alors... que voulez-vous que je puisse vous accorder ? Un voyage à l'étranger en compagnie de votre fils ? L'éloignement vous rendrait moins sensible la trahison de votre époux, au cas où...

— Partir pour lui laisser toute sa liberté, n'est-ce pas ? Autant dire que je serais complice !

Martin considéra un moment Mme Soubiron, comme évaluant les possibilités dont le destin le laissait disposer en faveur de cette épouse.

— Un amant ? proposa-t-il sans beaucoup de conviction. Voulez-vous un amant ?

Mme Soubiron se leva de son fauteuil et, toisant Martin, le salua d'un coup de menton.

« Pauvre femme, songea-t-il lorsqu'elle fut sortie, je n'ai qu'un moyen de lui épargner tous ces tourments, c'est de la faire mourir. Tant pis pour l'éditeur... il faut d'abord se montrer humain. Je vais la laisser vivre encore trois semaines, juste assez pour la voir assister à la consommation de l'adultère. Je crois qu'elle me fournira des réactions curieuses...

La famille Soubiron prenait le repas du soir et le chef de bureau, penché sur sa belle-mère, lui disait d'une voix oppressée :

— Prenez donc encore une tranche de veau, ça vous fera du bien...

Elle refusa d'un sourire gêné, et une rougeur délicate envahit son front. Et c'était une chose affreuse et tout de même émouvante que le regard concupiscent dont il enveloppait ce pur visage de femme, ces bras nus d'un admirable modelé, et ce ferme corsage tout battant d'émoi.

— Alfred, dit aigrement Mme Soubiron, ne pousse donc pas maman sur la nourriture. A son âge, il vaut mieux manger légèrement, surtout le soir.

Le fils des époux Soubiron, un garçon de neuf ans, s'informa de l'âge de sa grand-mère avec trop d'insistance, et son père gronda en haussant les épaules :

— On t'a déjà défendu de parler sans qu'on t'interroge... Je n'ai jamais vu un gamin aussi idiot...

Il se fit un grand silence dans la salle à manger d'acajou. Sous la table, Soubiron cherchait la jambe de sa belle-mère qui n'osait pas se dérober. Il avait le regard vacillant et son cou se gonflait dans son col. Enfin, perdant la tête, il murmura :

— Armandine... Armandine...

C'était la première fois qu'il l'appelait par son prénom, au moins en présence des siens. A ce coup, Mme Soubiron eut un élan de révolte, non pas tant contre son mari et sa mère, mais contre la fatalité qui pesait sur la famille, contre l'abominable pouvoir de Martin. L'idée lui vint de résister à cette fatalité, de s'en prendre une bonne fois, au vrai responsable. Qu'était-ce, après tout, que cet homme qui les menait au caprice de sa plume ? Un gribouilleur, un foutriquet, ne devant sa toute-puissance qu'au consentement de ses personnages, à leur veulerie. Mme Soubiron sentait qu'il devait exister un moyen d'échapper à cette funeste providence. Sans doute ne servait-il à rien de renier son créateur et de le maudire, mais peut-être était-il possible de se dérober à son contrôle et à son activité : Par exemple en se plaçant dans telle situation où la plume du romancier se refusât à suivre sa créature, en se réfugiant hors de toute réalité, hors de la trajectoire assignée au départ par le créateur, c'est-à-dire dans l'absurde, dans l'invraisemblable.

Mme Soubiron fit un grand effort d'imagination. A la surprise générale, elle partit d'un éclat de rire et, ôtant son soulier, le posa dans son assiette. Après quoi, elle prit sur la table une tranche de veau qu'elle glissa dans son corsage.

— Ah ! j'avais faim, dit-elle, en caressant son estomac d'un geste voluptueux.

Sa mère et son mari se regardaient avec une vive inquiétude. Elle prit encore une tranche de veau, puis se mit à chanter le refrain de la *Carmagnole*. Soudain, elle s'interrompit, saisie par l'idée que toute cette comédie ne sortait pas de la vraisemblance et que Martin l'avait probablement voulue. Ainsi, au lieu de le gêner, fournissait-elle une page à son roman. Comme on s'empressait autour d'elle et qu'on lui posait des questions, elle répondit avec lassitude :

— Ce n'est rien, ne vous inquiétez pas... J'essayais quelque chose, mais ce n'est pas encore ça. Je n'ai pas réussi...

Le chef de bureau, impressionné néanmoins par cette singulière sortie, se montra plus discret dans ses coupables entreprises et fit l'effort d'adresser la parole à sa femme. La conversation fut presque animée et jusqu'à la fin du dîner, on parla d'une cousine de Clermont-Ferrand, de l'augmentation des impôts, et d'une certaine façon d'accommoder la langue de mouton avec du lard et des champignons. Mme Soubiron parut s'intéresser assez vivement à toutes ces questions, exprimant ces bonnes vérités d'expérience et ces opinions si parfaitement raisonnables qu'elle avait apportées dans le ménage avec sa dot. Simplement, elle montrait, par instants, quelque nervosité et semblait un peu distraite, en général après avoir parlé. Elle avait alors le sentiment de n'avoir rien dit que Martin n'eût contrôlé et approuvé. Plus elle y pensait, plus cette dépendance lui devenait insupportable.

Toute la nuit, elle demeura éveillée à chercher la clef du problème qu'elle s'était proposé pendant le repas. L'impatience de la servitude où Martin la tenait enchaînée lui faisait presque oublier le drame qui était en train de bouleverser la famille. Le ronflement bien rythmé de Soubiron qui reposait auprès d'elle finit par l'exaspérer. Elle lui en voulut d'abandonner ainsi sa liberté à l'écrivain sans la moindre velléité de révolte.

Elle alluma la lampe pour le regarder dormir, et l'idée lui vint, comme un bon tour à jouer à Martin, de l'assassiner pendant son sommeil. C'était peut-être démolir le roman, bouleverser toute une création. Elle alla prendre dans un tiroir le revolver de Soubiron, mais le cœur lui manqua pour accomplir son dessein. La pensée même que Martin refusait son consentement ne put la décider : elle remit l'arme en place. D'ailleurs, un instant de réflexion lui donna la certitude que le meurtre de Soubiron, s'il avait été consommé, eût été, lui aussi, dans l'ordre. La solution n'était pas là.

Jusqu'au jour, elle exerça toutes les forces de son attention à reconnaître les limites de sa prison, à découvrir le fil qui la conduirait à une issue ; mais, de tous les côtés, elle butait contre un mur. Elle finit par observer que l'effort de sa réflexion, au lieu de servir ses recherches, ne faisait que l'enfermer dans des limites plus étroites. Par contre, dans les moments d'extrême fatigue où son attention devenait défaillante, il lui semblait être parfois sur le chemin de l'évasion. Lorsque, la tête vide, elle était incapable de fixer sa pensée, elle se trouvait tout à coup aux frontières où Martin perdait presque tout contrôle, toute autorité. Elle touchait au refuge, se sentait délivrée. Aussitôt, une pensée à peine formulée rétablissait comme un contact avec la réalité, l'écrivain la ressaisissait tout entière et verrouillait les portes de la prison.

Désormais, Mme Soubiron allait s'appliquer à vouloir la liberté en évitant d'y réfléchir. Au lieu de s'impatienter et d'invoquer des raisons contre la tyrannie de Martin, elle se bornait à répéter mentalement et parfois en remuant les lèvres : « Je veux en sortir... en sortir... »

Dans la semaine qui suivit, la passion du chef de bureau s'aggrava. Tous les soirs, il revenait de son travail avec une gerbe de roses qui lui coûtait les yeux de la tête.

— Je t'apporte des fleurs, disait-il à sa femme.

Et il ajoutait pour sa belle-mère, d'une voix à peine plus discrète :

— Pour toi, Armandine... C'est pour toi...

Mme Soubiron supportait ces outrages avec une patience surprenante et maigrissait à peine. De temps à autre, il lui arrivait encore de faire un éclat, mais de plus en plus rarement. Soubiron mettait à profit cette indifférence et devenait plus pressant avec sa belle-mère. Un soir qu'entre deux portes, il l'embrassait dans la nuque et lui pétrissait le buste, Mme Soubiron les surprit. Elle leur sourit avec bonté et murmura :

— Les orphelines vont à pied de biche... La géographie est bien mûre... Il faut profiter d'une épingle à cheveu.

Martin, qui était au travail, reçut la visite de son meilleur ami, Mathieu Mathieu, le grand critique de cinéma. Mathieu Mathieu avait amené la petite Jiji qu'il venait de prendre en passant au bar de l'Édredon. Les deux hommes parlèrent un bon moment de l'avenir des chemins de fer. Mathieu les voyait disparaître à brève échéance, remplacés par les transports automobiles, d'un rendement incomparable. Martin ne le croyait pas. Pour lui, les chemins de fer étaient encore dans l'enfance. L'électrification des trains réservait d'énormes possibilités, on ne se le disait pas assez. Jiji s'était assise dans le fauteuil, sans se mêler à la conversation. Elle finit par déclarer, en s'adressant plus particulièrement à Mathieu Mathieu :

— Je vous trouve culs, avec vos chemins de fer.

— Tu ne peux pas te tenir un peu ? dit Mathieu avec colère. Tu te crois chez toi, ici ? Saleté !... Dire que depuis un an, je traîne ce veau-là avec moi ! Et tout ça pour une jambe bien moulée, qui m'a tapé dans l'œil un soir que j'étais saoul !

— Moi je te dis de te taire, riposta Jiji. J'ai quand même pas besoin que tu dévoiles notre intimité devant des étrangers... pour qu'après, il aille me coller dans un de ses romans.

— Si on prenait une fine ? proposa Martin d'un air conciliant. J'ai justement...

— Pour une jambe ! beugla Mathieu sans l'entendre.

Je me suis perdu pour une jambe, et mon talent, et tout! L'existence me dégoûte! Je voudrais que la guerre éclate! Et une bonne peste en même temps!... Bon Dieu! ce que ça pue, la vie, quand on est dedans!...

Comme pour tourner le dos à l'existence, il s'en alla à la fenêtre qui donnait sur une cour obscure. Passé son accès de mélancolie, il revint au milieu de la pièce et demanda, en montrant les feuillets qui encombraient la table de son meilleur ami :

— Ça avance, ton machin?

— Peuh !... Oui, bien sûr, ça avance...

Et Martin jeta un regard un peu triste sur les pages couvertes de son écriture serrée.

— Tu n'as pas l'air content, fit observer Mathieu Mathieu.

— Je ne dis pas que je suis mécontent. Mon roman est ce qu'il doit être, je n'ai pas à me plaindre... Je t'ai raconté le sujet?... Ne crache donc pas sur le plancher, je t'ai déjà dit, ça me fait des ennuis... Tu te rappelles le sujet?

— C'est vrai, dit Jiji, c'est dégoûtant de cracher sur le plancher. Quand on se dit bien élevé...

— Vous savez, c'est sans importance, protesta Martin. Quand on a besoin de cracher, on ne pense pas toujours... Dernièrement, on me parlait d'une amirale, comtesse je ne sais plus comment, qui crachait par terre même pendant les repas...

— N'empêche que c'est dégoûtant.

— Tu la fermes? cria Mathieu Mathieu.

— Allons, allons! fit Martin. Calme-toi... Et mon sujet, tu te le rappelles, mon sujet ?

— Oui, oui... un chef de bureau.. la belle-mère en réparation... oui, je me rappelle... Pas très cinéma, ton truc. Je vois pas ça à l'écran... Enfin... Et alors, qu'est-ce qui accroche?

— Rien du tout, rassure-toi... Mais je viens d'avoir une surprise assez désagréable... Je t'avais parlé de la femme de Soubiron, mais sans insister beaucoup. C'était une figure plutôt classique : quarante-sept ans, forte de partout, fidèle, économe, ordonnée, confitures, *Écho de Paris*, un jour de réception par mois pour les épouses des collègues...

— Tais-toi, murmura Mathieu Mathieu, tu me mets l'eau à la bouche. Quand je pense que j'aurais pu avoir la chance de tomber sur une femme comme celle-là!...

— Le personnage était d'une telle banalité, j'en attendais si peu, que j'avais décidé de le laisser le plus possible dans l'ombre. J'en étais même arrivé à regretter ma création. Mon premier étonnement a été de la voir souffrir. On n'imagine pas les ressources qu'il peut y avoir dans ces tempéraments bovins... une espèce de virginité de la douleur... Mais tu verras les pages que j'ai écrites là-dessus. Inoubliables, elles sont. Pour ne pas qu'elle envahisse le bouquin, et un peu aussi par pitié, j'avais résolu de la faire mourir au moment où elle apprendrait la trahison de Soubiron. C'était l'affaire de quinze jours, trois semaines au plus...

— Toujours ta manie de faire claquer les gens... De quel droit?

— De quel droit? Mais du droit du romancier! Je ne peux pas faire rire mes personnages quand ils ont envie de pleurer, je ne peux pas les obliger à agir en vertu de sentiments qu'ils n'ont pas, mais je suis toujours libre de les supprimer. La mort est une possibilité que chacun porte en soi à chaque instant. Là, je suis sûr de tomber juste à n'importe quel moment.

— Je te dis pas... Une fois de temps en temps, pour donner à réfléchir, ça va bien... Mais faut pas abuser non plus...

— Pour en revenir à la femme de Soubiron, son cas est vraiment curieux. Chez elle, la douleur a tout de suite tourné à l'angoisse, à l'obsession de la fatalité... On n'aurait pas dit, hein? C'est pourtant comme ça... Et, un soir, elle s'est révoltée...

— Révoltée contre quoi ? Contre le destin?

— Contre le destin ? penses-tu ! Pas si bête, la dame Soubiron ! Elle sait bien que le destin, ça n'existe pas, que c'est seulement une façon de parler... Non, c'est contre Dieu qu'elle s'est révoltée. Dieu ça existe ! Dieu, c'est moi, oui, moi Martin! Et voilà ce qu'elle s'est dit : « Dieu m'a créée de toutes pièces et je n'ai aucun moyen de le fléchir. En effet, il se refuse à intervenir dans mon existence. Il prétend seulement m'obliger en toutes choses à me comporter selon les exigences d'une certaine mécanique qu'il appelle ma vérité intérieure. Je vais donc me détraquer... » Et, hier soir, Mme Soubiron a réussi à se détraquer. Elle est devenue folle... Je pense que son mari va la faire enfermer dans quelques jours. De toute façon, elle m'échappe complètement...

— Tu as toujours la ressource de la faire claquer... C'était d'ailleurs ton intention...

— Justement non, je ne peux plus! C'est bien ce qui me fait enrager... En toute honnêteté, je ne le peux plus. Est-ce que je sais, moi, si les fous sont mortels à toute heure du jour et de la nuit ? Qui me le dira jamais? Ils ont peut-être des moments pendant lesquels ils sont invulnérables. Peut-être même le sont-ils toujours et ne meurent-ils que dans un éclair de lucidité? J'ai entendu dire par un médecin que la folie rendait la santé à certains malades et donnait à d'autres sujets une vitalité qu'ils n'avaient jamais connue. En tout cas, je ne vais pas courir le risque de faire mourir quelqu'un contre la vraisemblance. Tant pis, il faut s'y résigner : Mme Soubiron est sortie de mon roman, ou, si tu préfères, elle n'y figure plus que pour mémoire. Quel ennui !... Tu penses, je n'ai plus personne à faire mourir! Mon éditeur m'aurait sans doute pardonné la mort d'un personnage de troisième plan, mais il n'admettra jamais celle de Soubiron ou de sa belle-mère, et comme j'ai besoin d'argent... Hier encore, je lui ai demandé l'autorisation de disposer du chef de bureau. Il a été intraitable.

Mathieu Mathieu, pensif, regardait Jiji qui s'était endormie dans le fauteuil en lisant un journal du soir. Son regard descendit jusqu'à l'une des jambes de soie beige, découverte jusqu'au genou. C'était une très belle jambe, il ne pouvait plus la quitter des yeux. Enfin, il eut un mouvement rageur, comme pour se libérer d'une servitude, et, penché sur Martin, il lui dit à mi-voix :

— Dis donc, vieux... la petite Jiji, tu ne pourrais pas la faire entrer dans ton roman ? Elle ferait bien un personnage de troisième plan... et même moins... Avec elle, tu serais libre de... rien ne t'empêcherait...

— On n'entre pas dans mon roman comme dans un moulin, objecta Martin.

— Je sais bien... mais pour un ami... pour moi...

— C'est grave, ce que tu me demandes là... Je ne sais pas si tu t'en rends bien compte. D'abord, c'est une opération extrêmement délicate. On ne peut pas la faire entrer de force. Il faudrait la persuader, ruser. Ce n'est pas simple. Et puis, non, tout de même, hein ? pauvre Jiji... je ne veux pas qu'il lui arrive un malheur.

— Martin, ne me refuse pas un service... ne me refuse pas le salut... Pense à ma saleté d'existence...

— Mais, mon pauvre vieux, ça ne te servirait à rien... je te connais... cette jambe-là, tu l'as dans l'œil, tu l'as dans la peau, en pleine chair... Je sais trop ce qui arriverait. Jiji ne serait pas plus tôt dans mon roman que tu entrerais derrière elle... Qu'est-ce que je ferais de toi ? Un personnage de quatrième... cinquième plan... Et alors ?...

— Tu ne me ferais pas mourir ? demanda Mathieu Mathieu.

— Peux pas dire, fit Martin en levant une épaule. Question d'opportunité...

Mathieu Mathieu quitta sa chaise, regarda son meilleur ami avec horreur et s'en alla secouer Jiji.

— Réveille-toi, Jiji ! Debout, sale grue ! Allons-nous-en ! Je suis maudit, je suis vomi ! Plus de copains, plus qu'une jambe de torture au ciel de mon abcès ! Je suis l'orphelin, le giaour, la perle d'Amara montée sur du fer-blanc !... Les écrivains sont des tripiers !... Viens, ma chérie, passe devant... Il a voulu m'assassiner !... Jiji, j'ai peur... Qu'est-ce qu'il rutile, dans ses hautes œuvres ?... Rends-lui son œil, rends-lui tout... J'ai peur, Jiji. Prends-moi sur ta croupe...

Mme Soubiron était dans un asile d'aliénés et l'enfant était pensionnaire dans un collège de jésuites. Le chef de bureau, pendant les premiers jours de l'internement de sa femme, s'était demandé s'il oserait bien profiter de ce douloureux accident pour venir à bout de la résistance de sa belle-mère. Il s'était répondu très hypocritement que jamais il n'eût infligé à son épouse le spectacle de ses débordements si elle avait gardé sa raison, mais qu'étant donné l'état où elle se trouvait maintenant, la crainte de l'offenser n'était plus une considération qui dût l'arrêter. Bien entendu, il ne se fit pas faute de faire valoir cet argument auprès de sa belle-mère.

— Non, non, c'est impossible! protestait Armandine. Vous oubliez que je suis sa mère!

— Justement, ripostait Soubiron. N'est-ce pas votre rôle de la remplacer au foyer?

— Non, je n'ai pas le droit. Ne me tourmentez plus, Alfred. Ce serait une chose affreuse, une chose...

— Je sais bien, disait-il toujours aussi hypocritement. C'est une rude épreuve, mais Dieu nous aidera.

A ces mots, Armandine soupirait, se demandant si vraiment Martin était résolu à les pousser dans cette voie. Elle ne voulait pas le croire. Née en 1865, elle avait nécessairement sur les écrivains des idées d'un autre âge, bien loin de soupçonner, la pauvrette, l'inexorable rigueur des méthodes scientifiques auxquelles ils soumettent à présent leur génie. Elle pensait naïvement qu'un romancier, après avoir mené des intrigues parfois périlleuses, dût tout arranger à la fin, pour un dénouement exemplaire. Cette confiance l'encourageait à persévérer dans sa résistance, et Soubiron ne tarda pas à comprendre qu'il n'arriverait à rien par la persuasion. Alors, il changea d'attitude. Au retour de son bureau, il se ruait sur elle d'un élan sauvage, escomptant l'avantage de la surprise, mais elle, mince et vive, réussissait toujours à lui échapper et fuyait à travers l'appartement. Il faut lire dans le roman de Martin le récit de ces poursuites haletantes, les cris, les meubles renversés, le plat du chat écrasé, les potiches éclatant sur leurs talons.

— Armandine, je te veux! beuglait le mâle avec d'abominables jurements.

— Alfred, mon ami, vous me crucifiez! gémissait-elle en escaladant un obstacle.

Heureusement, Armandine pouvait respirer pendant les heures qu'il passait au bureau; mais, livrée à ses tristes réflexions, la solitude lui pesait. Un jour, elle reçut une invitation au Gala de la Plume au Vent, présidé par un illustre écrivain et vice-présidé par un grand éditeur. Elle fut reconnaissante à Martin qui la lui avait envoyée et courut chez sa couturière.

Ce Gala de la Plume au Vent était une très grande manifestation littéraire, d'un retentissement considérable. On y exprimait des vœux pour l'avenir de la pensée, et des personnes d'esprit, en buvant du champagne, disaient des choses élevées. A l'entrée d'Armandine, il y eut une rumeur d'admiration. Les hommes disaient n'avoir jamais vu de femme qui eût autant de sex-appeal. Le vice-président, qui n'était autre que l'éditeur de Martin, ne se lassait pas de la regarder. Il y avait dans la salle plusieurs héroïnes de romans, que leurs auteurs présentaient avec orgueil, mais aucune ne pouvait songer à rivaliser, même de loin, avec Armandine.

L'éditeur vint la saluer et fit à Martin des compliments qui n'avaient jamais été aussi sincères. Après un moment de conversation, le romancier s'excusa d'être pressé par un rendez-vous et les laissa ensemble. L'éditeur conduisit Armandine au buffet où ils burent plusieurs coupes de champagne. Il oubliait pour elle toutes ses obligations de vice-président et, vers la fin de l'après-midi, il était déjà très amoureux.

Le soir même, Martin recevait un coup de téléphone.

— Allô! C'est vous, mon cher Martin? Ici, votre éditeur... Il faut que je vous complimente encore. Vous avez réussi une création admirable! sublime! et si vraie, si attachante, à la fois si près de la réalité et si... ah! vraiment, c'est une figure qui restera...

— Vous croyez? Allons, tant mieux. Je suis bien content.

— Dites-moi, je pense au lancement du livre... J'aurais besoin... pour la publicité, vous comprenez... j'aurais besoin d'étudier cette femme... est-ce qu'il n'y aurait pas moyen de la voir?

— Mon Dieu! je pense que c'est possible. Je lui laisse tous ses après-midi libres... Elle ne refusera certainement pas de vous voir...

— Ah! vous êtes gentil... Allô ! Je dis, vous êtes gentil...

— Vous n'avez rien d'autre à me demander? dit Martin d'une voix étranglée.

Il y eut un temps de silence et la voix de l'éditeur, hésitante, répondit :

— Non, merci, rien d'autre... Cher ami, au revoir!

Martin raccrocha d'un air déçu, puis il s'habilla et descendit au bar de l'Édredon. Mathieu Mathieu disputait ses derniers cinq cents francs à Jiji qui voulait s'acheter un petit deux-pièces façon sport. Il objectait que la civilisation était en péril et condamnée à disparaître dans un avenir très proche, si les élites ne donnaient pas l'exemple du retour à une grande simplicité de mœurs, voire à l'austérité.

— Moi qui suis le plus grand critique de cinéma de Paris, et peut-être d'Europe, regarde ma cravate et dis-moi si tu en as jamais vu d'aussi élimée, d'aussi crasseuse. Je la porte depuis deux ans et pourtant, ce n'est pas l'argent qui m'a manqué. Il y a trois semaines encore, quand les *Films Associés* m'ont filé trois mille francs pour faire l'éloge de leur navet, j'aurais pu m'acheter tout un jeu de cravates. Mais j'ai compris qu'être simple, c'est être pur et c'est être fort pour que vive l'esprit...

— C'est des histoires, s'impatienta Jiji. D'abord, je vois pas ce qu'il y a de plus simple qu'un deux-pièces...

Pour la dixième fois, elle allait décrire l'ensemble façon sport en pure laine, lorsque Martin arriva. Elle resta sous pression pendant le temps des poignées de main, mais comme elle se préparait à revenir à la charge, Mathieu Mathieu dit à Martin en lui écrasant le pied sous la table :

— A propos, et ton loyer ? Comment t'en es-tu tiré?

— Mon loyer!... Ah! mon loyer... ne m'en parle pas, je suis dans un pétrin... je ne sais pas où donner de la tête... C'est bien simple, si je n'ai pas trouvé la somme avant demain matin, c'est la saisie. Tu ne pourrais pas, des fois...

— Impossible. D'ailleurs, mes cinq cents francs ne suffiraient pas.

— Mais si! pour les deux cents autres, je m'arrangerai... Prête-les-moi. Je te les rendrai... Je te le promets... Pense à mes meubles, à la saisie...

Jiji, le visage enflammé, regardait Mathieu Mathieu qui hésitait encore. Enfin, il tira de sa poche le billet de cinq cents francs et le tendit à Martin en soupirant :

— Je peux pas voir un ami dans l'embarras. C'est plus fort que moi...

Jiji, les larmes aux yeux, quitta la table sans dire au revoir ni même se poudrer. Quand elle fut sortie du bar, Martin rendit les cinq cents francs à son meilleur ami. Ils parlèrent de leurs occupations. Mathieu Mathieu confia qu'il venait d'entrer dans la première phase d'une période d'évolution qui serait probablement très longue.

— Mon vieux, on n'imagine pas tout ce que le talent doit aux accessoires, aux petites nécessités. Moi, jusqu'à la semaine dernière, j'avais toujours écrit mes articles avec un stylo. Une habitude... un peu de superstition aussi... La semaine dernière, Jiji me le fracasse au moment où j'allais me mettre à mon article. Onze heures du soir, la copie pressait, pas question d'en acheter un autre. Tant pis, je demande un porte-plume au bureau de l'hôtel. Une plume Gauloise, c'était. Je sais pas si tu vois comme c'est fait, les plumes Gauloises...

— Oh ! si, je vois bien...

— Je fais mon papier comme d'habitude et, regarde comme c'est curieux, sans m'apercevoir de rien. C'est seulement en le revoyant imprimé que j'ai eu un choc. C'est toute ma manière d'écrire qui était changée. Un style perforant qui entre au cœur de l'obstacle et qui le fait éclater... On ne se doute de rien et puis, clac, un coup sec... ça y est. Voilà où j'en suis maintenant. Oh! j'avais toujours eu le pressentiment que les plumes de stylo n'avaient pas assez de pointe... du moins pour la critique. Parce que, entendons-nous bien, pour la poésie, je ne verrai jamais qu'une plume, c'est celle de stylo! Si jamais j'écris le poème auquel je pense...

— Tu vas écrire un poème ? Tu ne m'en as jamais parlé! reprocha Martin.

— Oh ! j'y pense comme ça... Je vois la poésie tellement malade de sa grosse tête, avec son pauvre petit œil fouinard de Méphisto pasteurisé, que j'en pleure des fois la nuit dans mon lit. Je rêve d'écrire une épopée qui lui rende du poitrail et des fesses. Moi, mon poème part de la conscience obscure des végétaux ou, si tu préfères, de l'intelligence organique. A force d'être abattus pour être transformés en armoires et meubles de toute espèce, les arbres des forêts finissent par prendre conscience de leur destination. Ils s'adaptent, c'est-à-dire qu'au lieu de pousser tout droit, ils prennent sur pied la forme d'un buffet Henri II, d'une commode Louis XVI, ou d'une table Directoire. Les hommes n'ont même pas besoin de les couper, ils trouvent plus simple de vivre dans les forêts... C'est la réconciliation avec la nature...

Martin, pliant sous l'admiration, balançait la tête avec gravité. Mathieu Mathieu ajouta :

— Et encore, un exposé aussi sec, ça ne dit pas grand-chose. Tiens, pour te mettre dans le bain, je vais détacher deux ou trois vers :

Brisant des nombres d'or le cercle maléfique,
La fille des magnats rêve à un malabar
Et regarde écumer la sève du Tropique
Sur la chambre à coucher en bois de Macassar.

— C'est beau, dit Martin. C'est même rudement beau.

Mathieu Mathieu, tout rose d'émotion, regardait son ami avec gratitude. Il lui prit la main et interrogea :

— Et toi, ton roman? Est-ce que tu as trouvé quelqu'un à faire mourir?

Martin secoua la tête. Non, il n'avait trouvé personne. Mathieu Mathieu se sentit plein de compassion. La poésie le rendait très bon et il aurait bien voulu aider son meilleur ami. Une idée lui vint et il proposa d'une voix qui tremblait un peu de la fièvre du sacrifice :

— Si tu veux, moi je peux entrer dans ton roman?

— Oh ! non, protesta Martin. Penses-tu! D'abord, tu as un poème à écrire... Et puis, non et non! Jamais je ne consentirai! Quel remords!...

Il y eut un moment de silence. Mathieu Mathieu était très ému de sa propre générosité. Cependant Martin réfléchissait.

— Évidemment, reprit-il, je ne serais pas embarrassé pour te caser. Dans le chapitre en cours, par exemple, je te vois très bien...

— Puisque tu ne veux pas, coupa Mathieu Mathieu, n'en parlons plus. Tu en as encore pour longtemps, de ton travail?

— Une semaine, dix jours au plus... D'ici là, j'espère qu'il se produira quelque chose. J'attends une visite...

La visite attendue par Martin semblait tarder, et il devenait chaque jour plus nerveux. Son roman était très avancé et il n'y avait plus moyen de tenir le chef de bureau, sauf pendant ses accès de désespoir. Il était alors comme un enfant et se traînait en sanglotant aux pieds d'Armandine. La malheureuse était à bout de résistance.

Enfin, après avoir annoncé sa visite par un coup de téléphone, l'éditeur arriva chez Martin un soir après dîner. Le romancier observa qu'il avait mauvaise mine et qu'il flottait un peu dans ses vêtements.

— Asseyez-vous... J'étais loin de m'attendre à votre

visite... Figurez-vous que j'avais l'intention d'aller vous voir demain matin pour parler affaires... Oui, j'aurais besoin d'une avance...

— Quand vous viendrez, nous en parlerons... je ne sais pas où en est votre compte, mais je crois que je pourrai faire quelque chose.

— Et moi, j'en suis sûr. Hier soir, je me trouvais avec un éditeur que j'aime mieux ne pas nommer, et il me parlait d'Armandine qu'il avait vue au Gala de la Plume au Vent. Il disait qu'après une réussite pareille vous aviez dû m'allonger une jolie somme... Je n'ai pas voulu le détromper, mais j'étais tout de même un peu gêné d'avoir un complet pas frais...

— Je n'ai pas besoin que vous me disiez son nom... Cet éditeur-là, je le connais... Il vous a fait des propositions ?

— Oui... Oh ! vous savez, rien de ferme...

— Eh bien! méfiez-vous de lui... sa maison est au bord de la faillite... et il est comme tant d'autres éditeurs qui voudraient profiter des sacrifices que je fais pour lancer des auteurs... Il fait beaucoup de promesses, mais il n'en reste pas grand-chose... Notez bien que si vous avez besoin d'argent tout de suite, je suis tout prêt...

L'éditeur sortit son carnet de chèques et comme Martin parlait d'une avance de trente mille francs, il eut un rugissement de protestation. Néanmoins, au cours de la discussion qui suivit, il se défendit sans trop de vigueur. Visiblement, il voulait être agréable à Martin. Celui-ci empocha un chèque de quinze mille francs, cinq de plus qu'il n'avait espéré.

— J'étais venu vous parler de votre roman, dit l'éditeur après qu'ils eurent réglé l'affaire. Je m'intéresse beaucoup à vos personnages et en particulier à Armandine... C'est une femme charmante pour laquelle j'éprouve une très vive sympathie. Vous avez eu la gentillesse de lui accorder tous ses après-midi pour me permettre de l'étudier, et je vous en remercie. Malheureusement, Armandine ne se prête pas à cette étude comme je l'avais espéré... Comprenez-vous ? elle reste distante... je n'arrive pas à la pénétrer...

— Il ne faut pas lui en vouloir, fit Martin. Elle a tant de préoccupations...

— Justement, c'est à ces préoccupations-là que je voulais en venir. Si j'ai bien compris les demi-confidences d'Armandine, elle se sent liée par une passion qu'elle ne partage pas. Elle ne veut pas céder à son gendre, mais elle croirait le trahir en cherchant ailleurs...

— C'est un scrupule qui l'honore, fit observer Martin.

— Sans doute... quoique l'insistance de ce Soubiron soit une chose odieuse, à y réfléchir... et qui mériterait une sanction...

L'éditeur se tut et parut attendre de Martin qu'il le précédât dans une voie encore incertaine. Martin ne le comprit pas et son hôte reprit sur le ton enjoué :

— Cher ami, vous rappelez-vous ce jour où vous m'avez parlé de votre roman pour la première fois ? Nous avions échangé, à propos du dénouement, des paroles assez vives... J'avais montré une certaine intransigeance, si j'ai bonne mémoire...

L'éditeur donna à Martin, sur l'épaule, une tape affectueuse et poursuivit en riant :

— Oh ! je sais bien que vous ne m'en avez pas voulu... D'ailleurs, ces interdictions-là n'étaient pas sérieuses... Il va sans dire que vous êtes absolument libre ; et si vous avez envie de faire mourir quelqu'un... Moi, j'avais pensé à Alfred Soubiron. Au fond, c'est un personnage bien encombrant. Et puis, pourquoi vous le cacher, sa disparition me ferait autant de plaisir qu'à vous-même.

Martin hochait la tête d'un air approbateur, et comme l'éditeur le pressait, il répondit d'une voix mélancolique :

— Quel dommage que vous soyez venu si tard... J'ai fini le roman hier soir. Il ne m'était plus possible de prolonger la résistance d'Armandine. L'exaltation du chef de bureau a fini par la gagner. Elle a cédé... C'est d'ailleurs une chose très belle, très émouvante... Elle se déshabille avec simplicité, et lui... mais vous lirez... je ne veux pas vous gâter la surprise.

L'éditeur, atterré, montrait un visage pâle et défait. Il demanda en bégayant :

— Vous pourriez peut-être ajouter un chapitre?

— Impossible, répondit Martin.

Il alla prendre son manuscrit dans un tiroir et le lui mit sous les yeux.

— Tenez, voilà le dernier chapitre. Regardez, là, sous le mot volupté, j'ai écrit : FIN.

Il fallut bien se rendre à l'évidence. Un long moment, l'éditeur resta silencieux à remâcher sa déception. Comme Martin replaçait le manuscrit dans son tiroir, il lui dit d'une voix sèche, mais sans grand espoir et plutôt par acquit de conscience.

— Rendez le chèque !

— Demandez-moi quelque chose qui me soit possible. J'aimerais tant vous faire plaisir, dit Martin. Et puis, ne vous découragez pas, que diable ! Vous avez l'avenir devant vous... J'abandonne mes personnages, mais leur vie continue. Le chef de bureau a déjà eu une congestion pulmonaire, il peut avoir une rechute... Armandine peut se lasser... C'est à vous d'être persévérant...

— Non, non, je sens bien que l'aventure est finie pour moi, soupira l'éditeur. Est-ce que vous avez déjà choisi un titre pour votre roman ?

— Non, pas encore.

— Si vous voulez me faire plaisir, appelez-le *Armandine*.

— Je vous le promets.

Sous le titre d'*Armandine*, le roman connut un immense succès. Le fait qu'il n'y eût pas un seul mort dans le livre de Martin bouleversa la critique et les personnes de l'élite. En moins de six mois, il se vendit, rien qu'en France, sept cent cinquante mille exemplaires en chiffre rond. Martin eut plusieurs complets neufs et une paire de souliers en peau de phoque. A Mathieu Mathieu, le meilleur ami, il fit cadeau d'un très beau stylo qui lui permit d'entreprendre son grand poème épique et de sauver la poésie.

Je suis renvoyé

Le directeur du personnel de la Banque expliquait, avec l'aisance que donne l'habitude, la nécessité où se trouvait l'établissement de réduire ses frais généraux. Il semblait, à l'entendre, que la crise économique fût un jeu alerte et courtois entre gens de bonne société, qui savaient accuser les coups avec sérénité. Aberdame en était un peu ébloui. Assis devant la table directoriale, il suivait difficilement ces précautions oratoires qui préparaient une conclusion trop certaine, et n'en saisissait le sens que par intermittence. Par paresse et débilité de caractère, et bien qu'il fût déjà fixé sur son sort, il se rassurait un peu à entendre le son de cette voix ferme et polie, comme s'il s'agissait de débattre son affaire, et que le verdict ne fût pas contenu dans ce prélude d'une bienveillance purement formelle. De temps à autre, il approuvait avec un sourire peureux et, en assurant son binocle, signifiait d'un coup de menton qu'il entrait dans toutes les raisons du directeur. Même, il aurait souhaité lui fournir des arguments pour nourrir l'entretien et reculer jusqu'à mort ou à miracle le tournant de sa destinée. Profitant d'un silence dont le directeur aérait son exposé, il se poussa au bord de sa chaise et, d'un tour de tête, dégageant sa pomme d'Adam de son haut col dur, il prononça d'une voix empressée :

— Bien sûr, la crise est la crise, on n'y peut rien. Espérons qu'elle aura une fin.

— Espérons-le, accorda le directeur avec bonhomie. En attendant, chacun doit prendre ses dispositions.

— C'est certain, dit Aberdame, c'est certain.

Le directeur saisit la transition et ouvrit le dossier de l'employé Aberdame, qui était posé sur sa table. Dans une chemise de carton vert, il y avait une dizaine de feuillets qu'il consulta d'un regard attentif en amenant sa conclusion : un acte de naissance, un extrait de casier judiciaire, un état de situation de famille, un certificat de domicile, la demande d'emploi du postulant, une dictée et un problème d'escompte, des renseignements de moralité, et des appréciations périodiques sur l'exactitude et le travail de l'employé. L'œil vague et la bouche angélique, Aberdame respirait une atmosphère de faiblesse cordiale. Avec des subtilités d'inflexion qui suffisaient à charmer son inquiétude, il se répétait mentalement les paroles qu'il venait de prononcer. Comme si cet échange fugitif eût été le sommet de l'entretien, il y découvrait un asile. Les choses allaient sûrement s'arranger. Transi de complaisance, le cœur tendre et la lèvre molle, il se sentait prêt à baver de fraternité. Cependant, le directeur en était déjà très loin, et après avoir parlé de réduction de personnel, commentait les notes d'Aberdame. Elles étaient médiocres, et il fit entendre qu'elles justifiaient, à elles seules, une mesure que la crise économique avait simplement hâtée.

— Je vous ai d'ailleurs averti à plusieurs reprises, et il faut bien constater que vous n'en avez tenu aucun compte. A chaque instant, on me signale qu'il a fallu donner la chasse à une erreur qui s'est glissée dans vos bordereaux. Tenez, hier encore...

Sans qu'il y songeât, sa voix retrouvait un accent de sévérité qui fit tressaillir le patient et le tira de son absence. Aberdame ajusta son regard à celui du directeur et eut une sueur d'angoisse. Des lambeaux de phrases, significatifs, qui venaient de retentir à ses oreilles sans éveiller son attention, lui rendirent brusquement leur sens exact. Le sang se retira de son maigre visage, ses lèvres remuèrent sans pouvoir articuler un son, et il finit par bégayer :

— Je suis renvoyé.

Le directeur joignit les mains sur le nœud de sa cravate et ferma les yeux une seconde avec une expression de tristesse et de compassion impuissante. Il semblait dire que Dieu lui-même ne peut rien pour celles de ses créatures qui souffrent par leur faute.

— Je suis renvoyé, répéta Aberdame d'une voix blanche.

L'une de ses mains tremblait sur son genou, et l'autre, tâtonnant sur sa poitrine étroite, montait vers son faux col pour en desserrer l'étreinte. Il éprouvait une affreuse sensation, de solitude et de mortelle nudité, comparable à celle que lui donnaient certains cauchemars, quand il rêvait qu'il échouait à son certificat d'études ou qu'il circulait en chemise dans la rue. Pourtant, il ne se représentait pas encore les torturantes incertitudes de l'avenir, il ne songeait ni à sa femme, ni à ses trois enfants. Il se disait seulement qu'il était renvoyé. Le mot, sans qu'il fût besoin d'en exprimer la réalité, tintait comme un glas dans sa cervelle. Il le répéta plusieurs fois encore pour essayer de l'user un peu. Son regard se fixa sur l'une des pièces du dossier, qu'il reconnut pour un certificat de domicile. Il en eut aux joues une chaleur de honte et de mélancolie. Il se rappela le jour où il était allé chercher son certificat au bureau de police, il y avait presque trois ans, et son orgueil puéril de quitter un emploi d'aide magasinier pour entrer à la Banque. Une fois, dans les premiers temps, il avait dit à la concierge en tirant sa montre : « Bigre ! je vais arriver en retard à mon bureau. » Et la concierge avait eu un sourire de considération, dont il s'était senti grandi. Il imagina de quel sourire elle allait accueillir la nouvelle de son renvoi, et il vit fondre tout d'un coup son trésor de fierté. Il se trouvait plus démuni qu'aux pires époques de sa vie de pauvre homme timide et sans appétits. Déjà s'insinuait en lui la peur sournoise de cette vocation de clochard qui l'avait sollicité autrefois, aux mauvais jours, quand ses habitudes sociales ne l'obligeaient plus, et qu'il était tenté par le repos d'une condition animale, au ras de la mort et au bas de l'échelle, là où il n'y a plus à descendre. Pour s'en défendre, il épela tout bas : « Certificat de domicile. »

Le directeur du personnel considérait avec autant de gêne que de pitié ce visage résigné, doux comme un reproche de bête. D'habitude, ses arrêts étaient accueillis avec une certaine fierté. Jamais, dans l'exercice de sa profession, il n'avait eu affaire à un homme aussi pénétré de sa faiblesse. A la dérobée, il jeta encore un coup d'œil au dossier, et s'étant convaincu que sa justice n'était pas en défaut, il pensa ne pouvoir mieux faire que d'offrir à Aberdame des paroles de sympathie et d'encouragement :

— Croyez bien, monsieur Aberdame, que nous nous privons avec beaucoup de regrets de votre concours. C'est une mesure à laquelle nous ont obligés les circonstances que je vous exposais tout à l'heure. Elle ne diminue en rien l'estime et la confiance que vous nous avez toujours inspirées. C'est ce qui me fait croire que vous trouverez à vous employer ailleurs. Et pendant les dernières semaines que vous avez à passer chez nous, je vous accorderai toute la liberté possible pour faciliter vos recherches... Vous avez trente-six ans ? A cet âge-là, rien n'est compromis...

— C'est certain, approuva Aberdame d'une voix fatiguée.

Il se lisait sur son visage tant de résignation que le directeur en fut découragé et referma le dossier d'un geste sec, signifiant que l'entretien était terminé. Aberdame quitta son siège et salua d'un murmure. Quand il eut franchi la porte du cabinet, il se demanda avec un peu d'anxiété s'il s'était convenablement acquitté envers le directeur. Il lui semblait que son salut avait été bref, et il regretta de n'avoir pas préparé une formule de civilité. Dans le couloir ciré qui conduisait à l'escalier, il marchait sur la pointe des pieds, par une sorte de respect involontaire pour les puissances de la Banque, groupées dans cette aile de l'étage. L'idée qu'il avait pu paraître impoli au directeur ne le lâchait pas. Elle le poursuivait encore lorsque, après avoir monté l'escalier, il se trouva devant la porte de son bureau. Brusquement, il fut assailli par la pensée qu'il lui faudrait, dans quelques heures, apprendre la nouvelle à sa femme. Il s'arrêta court, écrasé par la perspective de son retour au domicile. Il ne lui parut pas possible de gagner son bureau et d'affronter la curiosité de ses collègues dans un tel désarroi intérieur. Il alla chercher un refuge dans les vespasiennes. Deux employés y devisaient côte à côte. Aberdame s'enferma dans le compartiment des cabinets, s'assit sur le siège et s'abreuva de la tristesse du retour. Son logement lui apparaissait dans une pénombre amère où la vie devenait peureuse. L'idée ne lui vint pas de dissimuler la mauvaise nouvelle jusqu'au jour où il quitterait la Banque, et d'ailleurs, il ne l'aurait pas pu. Il savait comment les choses se passeraient tout à l'heure, il évoquait la scène avec minutie. Le couvert était mis, les enfants riaient autour de la table. Au bruit de la porte d'entrée, sa femme quittait la cuisine pour l'accueillir. Elle n'observait rien d'anormal dans sa personne, car sa physionomie et ses gestes ne s'associaient jamais à sa détresse ; il était incapable de cette comédie élémentaire qui rend le malheur plus décent. Il embrassait sa femme et disait simplement, sans élever la voix, comme une chose qui va de soi : « Je suis renvoyé de la Banque. » Aussitôt, il redevenait l'homme des anciens jours ; sa femme et ses enfants reconnaissaient l'homme effacé, sans ardeur à vivre, et toujours résigné au pire. Ils fuyaient ce regard de tranquille impuissance, qui décourageait autrefois tout effort à lutter. Il embrassait sa femme et disait paisiblement : « Je suis renvoyé. » Ces simples mots suffisaient à faire renaître le drame de la nourriture. La mère reprenait ce visage terrible qui semblait toujours, dans l'incertitude des jours à venir, épier une menace sournoise. Les enfants apprenaient à parler tout bas, et à être honteux d'un éclat de rire.

Affaissé sur sa rondelle de bois, Aberdame, le regard fixe, sentait les larmes lui monter aux yeux. D'autres pensées, qui lui étaient jadis familières, se pressaient maintenant dans sa tête. Tandis qu'il essuyait les verres de son lorgnon, il rêva d'une infirmité qui l'eût allégé du fardeau de ses responsabilités et du remords de son impuissance. Il était aveugle, on le plaignait d'être pauvre et infirme (et si courageux aussi). Puis il rêva qu'il voyait mourir sa femme et ses trois enfants ; on le plaignait encore, il avait un chagrin cruel, il était inconsolable ; mais son renvoi n'avait plus d'importance, il devenait libre de s'abandonner. Tout un bagage de misère, qu'il s'étonnait d'avoir pu tenir à l'écart aussi longtemps, lui revenait à l'esprit. Dans les circonstances difficiles, son imagination ne lui proposait jamais une revanche ou quelque fortune bâtie sur un coup de dés, mais toujours la chute qui le dispensait le lutter.

Aberdame était assis depuis près de dix minutes, et ses rêveries l'avaient amené insensiblement à la vision d'une solitude sordide, dont il se sentait comblé. Engourdi sur le siège, il lui semblait être très loin du monde, et abrité de la société pour toujours. Son rêve de solitude se confondait avec la réalité présente, et il lui plaisait de croire qu'il était dégagé, vis-à-vis d'autrui, de toute espèce d'obligation. L'idée qu'il était renvoyé ne l'atteignait même plus. Il se sentait si bien oublié qu'il jouissait de sa lassitude et de sa faiblesse. Sa rêverie s'appauvrissait, jouait sur des thèmes de plus en plus ténus, et il appelait l'instant où, le cerveau vide de toute préoccupation, il serait délivré de l'habitude de penser et deviendrait un être libre. Il en fut empêché par le bruit d'un pas, qui approchait rapidement. Quelqu'un hocha le ticlet de la porte, et fit entendre un grognement d'impatience. Aberdame s'accorda encore quelques minutes de répit, mais ses derniers instants furent troublés par la présence de l'intrus qui faisait sonner ses talons derrière la porte.

— Alors, quoi, là-dedans ? dit une voix furieuse.

Aberdame eut un sursaut et se leva, l'estomac étreint par une angoisse qui lui remit dans le nez l'odeur nauséeuse des plus tristes heures de son enfance, aux petits matins de rentrées des classes. Par respect humain, il fit fonctionner la chasse d'eau et quitta sa retraite.

Lorsqu'il pénétra dans son bureau, le chef s'entretenait avec le chef d'un autre service, et il put regagner sa place sans être interrogé. Ses trois collègues, qui travaillaient avec lui à la même table, lui jetèrent des regards furtifs sans lever la tête. Sans doute étaient-ils avertis, car ils paraissaient gênés, comme honteux d'avoir été épargnés par la direction. En reprenant son travail, Aberdame s'aperçut que pendant son absence une partie de sa besogne avait été mise à jour. Il reconnut l'écriture de Moinier et de Ruffin, ses deux voisins immédiats. C'était un témoignage d'amitié, et sa peine en fut un peu adoucie. Le geste l'étonnait de la part de Moinier, qui l'avait toujours rudoyé, et qui ne lui dissimulait pas son mépris pour son indifférence complète aux questions sociales. Moinier le traitait d'esclave, de cocu, et lui promettait un emploi humiliant dans la société communiste. Pour Aberdame, ce genre de discussion était indigne d'un employé de la Banque ; et, personnellement, le communisme ne lui proposait aucune chance nouvelle. Cette perfection de la justice lui inspirait un éloignement voisin du dégoût. Sans avoir besoin d'en raisonner, il sentait que sa position, dans un monde absolument équitable où les déchéances n'avaient plus d'excuse, s'aggravait encore en perdant une sorte de vraisemblance.

A six heures, Aberdame rangea lentement ses papiers, s'attardant à vérifier de menus détails pour laisser à ses compagnons le temps de partir avant lui. Mais Moinier et Ruffin, moins pressés qu'à l'ordinaire, réglaient leur allure sur la sienne et semblaient attendre que le chef du service fût sorti. Il n'y avait, dans leur conduite, rien de concerté, et sans savoir au juste ce qu'ils feraient, ils sentaient qu'ils devaient quelque chose à leur camarade malheureux. Lorsqu'ils furent seuls tous les trois, Moinier lui mit la main sur l'épaule et le regarda en face, avec émotion. Ruffin se pencha sur la table, et lui rangea son porte-plume qui n'était pas à l'alignement de la règle. Il y eut un instant de silence cordial. Aberdame n'avait pas l'habitude de l'amitié, il se sentait à la fois attendri et confus. Les bras ballants, il considérait ses deux camarades avec gratitude, un peu gêné d'être l'objet de tant d'attentions. Par contenance, il retira son lorgnon pour en essuyer les verres au coin de son mouchoir, et murmura en hochant la tête :

— Je suis renvoyé.

— C'est malheureux, soupira Ruffin.

— C'est dégoûtant! déclara Moinier d'une voix rageuse. Je dis que c'est dégoûtant qu'on ait le droit de renvoyer un homme. On n'oserait pas foutre un chien à la rue sans savoir comment il va manger. Mais pour eux, un homme qui a une femme et des gosses, c'est moins qu'un chien.

On entendit un pas dans le couloir, et Ruffin fit un signe d'avertissement. Moinier poursuivit en baissant la voix :

— Combien de fois est-ce que je te l'ai dit, hein ? tu ne voulais rien entendre. Tu trouvais tout naturel qu'on s'esquinte à trimer pour que des vieux jetons entretiennent des danseuses. Et quand je disais qu'on n'était même pas sûr de garder sa place, qu'il fallait mendier le droit de travailler, c'était moi qui déraillais ? Pendant ce temps-là, ils décidaient de te balancer...

Il fit une pause pour mesurer l'effet de ses paroles. Dans son esprit, ce discours d'une violence sommaire n'était qu'un prélude destiné à éveiller la colère d'Aberdame. Il se réservait, ce premier résultat obtenu, de le convertir par une argumentation plus subtile. Aberdame paraissait pensif. Il jeta un coup d'œil du côté de Ruffin, ôta encore une fois son lorgnon, et déclara d'un ton conciliant :

— Eux de la Banque, ils ont bien leurs ennuis aussi... il faut se mettre à leur place.

Écœuré, Moinier hésita s'il reprendrait le fil de la discussion ou s'il abandonnerait la partie. Comprenant qu'il ne fallait rien espérer, il eut un rire de colère, et dit en tournant les talons :

— C'est pourtant des chiens couchés comme celui-là qui gâchent tout!

L'indignation lui secouait les épaules. En s'éloignant, pour apaiser ses nerfs, il fit voler d'une chiquenaude le chapeau melon d'Aberdame, posé sur une pile de dossiers. Aberdame eut un murmure d'effroi et rajusta précipitamment son lorgnon. Ruffin lui ramassa son couvre-chef et, lui serrant la main pour aller rejoindre Moinier, dit d'une voix compatissante :

— Tout ça ne change pas les choses, hein?

Demeuré seul, Aberdame examina son chapeau et l'épousseta soigneusement. Il était ennuyé d'avoir indisposé un collègue. Les propos de Moinier, qu'il considérait à la lumière de son aventure, lui paraissaient presque raisonnables. Il ne jugeait pas impossible qu'un traitement arbitraire lui eût été infligé, mais il était incapable d'en éprouver la moindre colère. D'ailleurs, le départ de l'injustice semblait si lointain, si incertain, qu'il trouvait plus commode d'en refuser l'hypothèse.

Sur le boulevard, il fut saisi par la fraîcheur de la température et marcha d'un pas allongé. Le spectacle de la rue, auquel il était toujours sensible, le distrayait un peu de sa peine. A cette heure d'avant-dîner, la foule était dense sur les trottoirs. Aberdame aimait ce mouvement lourd et pressé qui l'absorbait, cette ample rumeur qui tassait le souvenir de sa disgrâce dans une région lointaine de sa conscience. La menace dont il portait le poids ne le gênait pas trop ; c'était, à l'endroit du cœur, une talure discrète, dont les environs étaient à peine endoloris. Mais, de temps à autre, l'idée de son retour au logis l'envahissait brusquement, lui donnait une commotion brutale, le serrait à la gorge. Alors, il marchait plus vite, cherchait sur le visage d'un passant ou dans une réclame lumineuse un sujet de distraction. Peu à peu, la menace devenait moins pressante, et il ne restait que la talure sous le gilet.

Aberdame dépassa la station où il prenait le métro d'habitude, non tout à fait sans y penser, mais avec la conscience imprécise qu'il laissait du jeu à quelque hasard. Il feignit de s'en apercevoir vingt mètres plus loin, et décida qu'il irait jusqu'à la station suivante. Il ralentit alors son allure, il lui semblait à chaque pas qu'il se rapprochait de son logement de Belleville. Il se mit à flâner aux devantures, s'attardant à considérer des objets qui n'avaient pour lui aucun intérêt. Une minute, il fut en arrêt devant un soulier de femme, en satin bleu, étincelant de fioritures de strass. Il le quitta et en emporta une vision précise.

La station du métro était déjà dans son rayon visuel, et malgré ses efforts et ses ruses, Aberdame ne pouvait pas ne pas apercevoir la plaque d'émail et le lampadaire, non plus que le mouvement de la foule à l'entrée de l'escalier. A mesure qu'il en approchait, il cherchait désespérément un prétexte honnête à passer outre. Les tempes battantes, et la fièvre aux yeux, il s'efforçait de toute sa volonté à la poursuite d'une idée féconde, mais son cerveau rebelle lui imposait inlassablement la vision de son retour. Il montait l'escalier de son logement, entrait dans le vestibule, accrochait son chapeau melon, et les rires des enfants résonnaient à ses oreilles.

Il était à quelques mètres de la station, il entendit sur sa gauche un camelot crier « une paire de bretelles ». Il saisit le cri au vol, s'empara de l'idée de bretelles avec la volonté forcenée d'en faire jaillir un prétexte. Le front bandé par l'effort, et la peau moite, il crut être sur le point de le saisir, mais, pendant une seconde, le vide se fit dans sa cervelle, et il se retrouva chez lui ; tandis qu'il frôlait la balustrade du métro, il voyait les enfants se lever de leurs chaises ; un torchon à la main, sa femme venait à sa rencontre ; il l'embrassait sans se hâter et, le regard vague, disait d'une petite voix unie : « Je suis renvoyé de la Banque. »

Un homme pressé le bouscula en le traitant d'ahuri. Aberdame murmura : « une paire de bretelles », puis il allongea la main en tâtonnant, comme pour saisir la balustrade du métro. Mais la station était déjà derrière lui, et il en fut soulagé tout d'un coup. Il pouvait, raisonnablement, aller à pied jusqu'au métro République, ce qui lui éviterait de changer de direction. Il avait encore un long ruban de boulevards à parcourir, et l'instant douloureux reculait brusquement très loin. Aberdame allait d'un bon pas tranquille, l'esprit presque libre et d'une curiosité plus attentive qu'à l'ordinaire. Passé la porte Saint-Martin, le boulevard devint plus sombre, le flot des passants moins pressé. Dans l'ombre d'un porche, Aberdame remarqua un être avachi, pelotonné en un tas noir ; l'homme avait les yeux ouverts et son regard et son visage paraissaient absents : il était si enfoncé dans la misère, il s'appartenait si complètement que l'idée de mendier, même une parole, ne pouvait lui venir. Aberdame sentit une petite peur voluptueuse lui courir sur la peau, et il poursuivit son chemin, en songeant à cet étrange regard qui ne redoutait plus de surprises.

Sur le boulevard Saint-Martin, des boutiques commençaient à fermer, mais malgré l'heure tardive, Aberdame se sentait rassuré. Il savait qu'il ne prendrait pas le métro et qu'en arrivant à la République il déciderait de rentrer chez lui par le Faubourg du Temple et la grimpée de Belleville. Le répit qu'il s'accordait lui donna une confiance nouvelle ; l'heure de l'échéance reculait comme par miracle et il en venait à concevoir l'espoir absurde d'une poursuite sans fin. Pourtant, lorsqu'il fut au milieu de la place de la République et qu'il aperçut l'entrée du Faubourg du Temple et ses lointains de pénombre, il lui sembla que le terme s'était brusquement rapproché. Il entrait dans une autre zone, il était déjà dans son quartier, autant dire chez lui. Il ne disposait plus du temps, ni de l'aventure. Planté sur le bord d'un refuge, Aberdame hésitait à s'engager. Il fit un pas sur la chaussée, une auto le fit reculer. De nouveau, il crut entendre le son de sa voix dans le logement de la rue des Envierges. Excédé, il tourna la tête, découvrit sur sa droite une longue échappée entre deux rangées d'arbres, et s'y dirigea d'un pas mou, prenant la chaussée en diagonale, sans souci des injures que lui adressaient les chauffeurs. Il marcha pendant cinq minutes, mal à l'aise et les jambes inquiètes, comme un cheval fourbu chassé de l'écurie. Un remords lui serrait la poitrine. Les lumières de l'avenue le gênaient, et il tourna dans une petite rue à hôtels, où les filles attendaient les passants. Son chapeau melon, son lorgnon et son visage harassé lui épargnèrent d'abord des invites trop pressantes. Plus hardie, une garce corpulente le saisit par le bras. Elle était chaussée de cuir bleu aux larges boucles de strass et Aberdame crut reconnaître la chaussure étincelante aperçue dans une vitrine des boulevards. Elle vit la direction de son regard et dit :

— Tu les aimes, mes souliers, chéri ?

— Oui, murmura Aberdame.

— Tu as bon goût, c'est ce qu'on fait de plus cher. Alors, tu veux bien être heureux ? moi, tu ne peux pas savoir comme j'ai envie...

Aberdame était sans concupiscence. Il ne trompait jamais sa femme et il avait l'habitude de parler des filles avec dégoût. Son mépris était d'ailleurs purement verbal, et à vrai dire, il n'avait pas d'opinion. La garce essayait de l'attirer à elle, avec quelque précaution, pour ne pas l'effaroucher. Tête baissée, il regardait les souliers bleus, emmanchés de lourdes chevilles, et se débattait contre une idée jaillie de sa détresse et de son incertitude. Enfin, il se décida, si pressé, qu'il fut le premier à la porte de l'hôtel.

Aberdame posa son chapeau melon sur une chaise et, les bras ballants, resta planté au milieu de la chambre. A côté du lit, la fille se déshabillait en bavardant, et il répondait par monosyllabes, l'air préoccupé. Ayant dépouillé sa robe, elle se pressa contre lui et attira son attention sur l'importance de ses seins. Aberdame y toucha, avec un petit rire de politesse, mais son indifférence était visible, et il en fut gêné lui-même. Elle voulut le presser plus fort, l'échauffer par des jeux de main. Il se dérobait à petits pas, avec des gestes courts et des sourires de protestation. Comme elle lui jetait, d'un élan robuste, ses bras autour du cou, il se laissa tomber sur la chaise qui se trouvait derrière lui. Il y eut un bruit de carton froissé, et la chaise faillit culbuter.

— Je me suis assis sur mon chapeau, dit Aberdame en se levant.

En effet, le melon était écrasé, craquelé, une aile tordue, et la coiffe passant par une fente. Côte à côte, ils considéraient le malheureux débris. La fille menait un grand deuil, et se défendait d'être responsable de l'accident. Aberdame n'accusait personne. Il ne paraissait ni ennuyé, ni surpris, simplement un peu ému.

— Ça ne fait rien, murmura-t-il, c'était mon chapeau des jours.

— Tu diras à ta femme qu'il a roulé sous un taxi. Elle ne peut rien trouver à redire.

Il commença de se dévêtir, et la garce reprit de l'aplomb. Après en avoir extrait son portefeuille, il posa sa veste sur le chapeau. Le marchandage prit encore quelques minutes. Aberdame avait dans son portefeuille une somme de six cents francs, à peu près la moitié des économies du ménage, et qu'il portait toujours sur lui, sans envisager la possibilité de s'en servir, mais pour se sentir un peu important. Dans le portefeuille, les coupures de cent et de cinquante francs faisaient du volume. La fille les lorgnait avec des regards impatients. Aberdame, après s'être fait prier, lui donna cent francs. Tandis qu'elle les glissait dans son soulier bleu, il rassembla ses billets de banque et ses papiers d'identité dans un même compartiment, et posa le portefeuille en évidence sur son veston.

Entre les cuisses ouvertes au bord du lit, Aberdame distinguait, en virgule sur le départ de la raie fessière, une longue touffe noire, collée comme du poil de chèvre, et où perlait encore la rosée des ablutions. Il baissa les yeux, ennuyé, n'osant pas reculer et n'ayant point d'entrain à avancer. Il se dandinait tristement, tirait sur sa chemise pour se couvrir les cuisses, et grattait la descente de lit du bout de son soulier. La tête renversée sur le traversin, la femme l'invitait avec des mots pressants. Alors, il toussa pour s'éclaircir la voix, et dit en la regardant de côté :

— Ce soir, je ne me sens pas en train... Non, vraiment...

Elle se leva, humiliée, méfiante aussi, craignant qu'il ne réclamât son argent, et prête à lui tenir tête.

— En tout cas, ce n'est pas de ma faute... il fallait réfléchir plus tôt !

Il eut un signe d'assentiment, et aussitôt rassurée, elle se radoucit.

— Voyons, qu'est-ce que tu as ?

Lâchant le pan de sa chemise, il haussa les épaules, comme pour éluder la question.

— Tu as des ennuis ?

— Ah oui, soupira-t-il, des ennuis...

Curieuse, elle fit un pas en avant, lui mit les mains aux épaules, et eut un regard d'amicale insistance. Aberdame se pencha sur elle, l'embrassa sur les deux joues, et dit d'une petite voix indifférente :

— Je suis renvoyé de la Banque.

Aussitôt, il se sentit délivré d'un grand poids, comme s'il venait de libérer sa conscience. La fille le considérait d'un air un peu hostile, se demandant s'il s'était moqué d'elle, et s'il convenait de se fâcher. Il se dégagea doucement et, traversant la chambre, gagna le lavabo de céramique, où il se lava le visage et les mains. Derrière lui, il entendit le pas des souliers bleus sur la descente de lit, puis, à peine moins discret, sur le parquet ciré. Il y eut un silence et, après un froissement léger, un autre silence. Aberdame tourna la tête avec précaution et entrevit une silhouette penchée qui fourrait dans son bas la liasse de billets de banque avec les papiers d'état civil qu'il y avait glissés tout à l'heure En s'essuyant les mains, il songea à l'angoisse de sa femme et de ses enfants ; il en avait encore pitié, mais le drame lui était déjà étranger. Il y avait là un fait divers pénible, mais lointain, qu'il était en train d'oublier. Entre sa famille et lui, l'aventure du melon écrasé et des économies évanouies venait de mettre une distance inappréciable.

Dans la rue, après un quart d'heure de marche, Aberdame se sentit déjà fatigué, délicieusement fatigué. Son chapeau ruiné inquiétait les passants, il allait contre le vent, une épaule devant l'autre, et la tête baissée. Il avait changé de mémoire, et ne savait plus rien, sinon qu'il errait dans la ville depuis toujours, cherchant la vie au ras du sol, sans peur et sans espoir. Dans la nuit de ses souvenirs, le vent n'avait pas encore effacé tout à fait le coin de vitrine où flambaient les boucles en strass d'un soulier bleu.

L'élève Martin

Le surveillant général Escuelle préparait dans son bureau les bulletins des élèves inscrits au tableau d'honneur lorsqu'il entendit un bruit de portes claquées et, à peine perceptible, celui d'un pas nombreux sur le gravier de la cour du collège. Pour la dixième fois depuis le début de la matinée, il se leva de dessus sa chaise, l'œil bilieux et la fièvre au front, afin de courir à la fenêtre. Malheureusement, la clef du tiroir de sa table se trouva engagée entre deux boutons de son gilet, ce qui lui fit perdre tout près d'une minute. Lorsqu'il put soulever un coin du rideau de la fenêtre, les élèves qui avaient obtenu de leurs professeurs respectifs la permission de s'absenter, étaient déjà alignés contre la vespasienne, à l'autre bout de la longue cour. Escuelle les apercevait de dos sans pouvoir les reconnaître ; ils étaient éloignés d'une centaine de mètres, et le petit toit qui faisait saillie au-dessus de leurs têtes reculait leurs silhouettes dans une zone de pénombre. Il les distinguait néanmoins suffisamment pour observer leurs gestes. Rangés d'une manière décente, ils étaient quatre, à peu près de la même taille, chacun dans son compartiment d'ardoise. Au premier coup d'œil, cette rencontre de quatre élèves appartenant nécessairement à des classes différentes avait paru suspecte à Escuelle. Ses fonctions de surveillant général, son caractère inquiet, certains événements récents ne l'inclinaient guère à croire aux hasards innocents.

D'ailleurs, le calcul des probabilités, d'accord avec son expérience, écartait l'idée d'une simple coïncidence. Ce lui fut une raison supplémentaire d'être vigilant, et il observa que l'un des élèves urinait en s'aidant de la main gauche, à la différence de ses compagnons qui menaient leur affaire avec la main droite, la gauche pendant sur la couture du pantalon. D'un coup de main, Escuelle essuya la buée qu'il venait de souffler sur la vitre, et regarda avec plus d'attention encore. Il s'aperçut alors que la main droite de cet original était elle-même occupée ; il la vit bouger à hauteur d'épaule, et à vrai dire la devina plutôt qu'il ne la vit, les mouvements du coude l'aidant à la situer sur le fond d'ardoise brillante. Un flot de sang empourpra son visage, son cou se gonfla dans son faux col dur, et il eut une avalée de salive qui fit un borborygme. Il tenait enfin le coupable qui, depuis près d'une semaine, couvrait les murs et les portes des graffiti infâmes dirigés contre sa personne et contre l'honneur de son épouse. Son corps mou et adipeux frissonna d'une joie cruelle de grand fauve. Encore quelques secondes d'affût, et l'ignoble gribouilleur, en se retournant face à la fenêtre, livrerait son identité. Dans son impatience, il semblait à Escuelle que les quatre élèves n'en finissaient pas d'uriner. Il eut envie d'ouvrir la fenêtre et de les interrompre par un impératif bruyant. Derrière lui, il entendit un coup frappé à sa porte et un pas retentit sur le parquet de son bureau. Avec ses deux mains, il fit un geste ridicule qui voulait commander le silence. Au fond de la cour, l'un des quatre élèves fléchissait légèrement les jambes et reculait d'un pas pour se dégager de son compartiment.

— Escuelle ! appela le principal qui venait d'entrer, je suis pressé...

Escuelle n'eut pas la force de caractère qu'il fallait pour résister à cette injonction venue d'en haut, et se retourna sans toutefois lâcher le rideau. M. Prieur, le principal du collège, toisa son subalterne avec un peu de mépris. Il admettait que ce rôle d'espion fût une nécessité de la discipline, mais le témoignage lui en était pénible. Le surveillant général, qui n'avait jamais pu se résigner à l'injustice de ce mépris, crut tenir l'occasion éclatante de relever son prestige.

— Monsieur le Principal, mon attention a été attirée tout à l'heure... c'est-à-dire qu'en travaillant, j'ai eu l'inspiration...

Il ne trouvait pas ses mots, l'ivresse du succès le faisait bafouiller. M. Prieur lui dit avec une bonté condescendante :

— Reprenez vos esprits, Escuelle.

— J'ai découvert l'auteur des inscriptions ! lâcha le surveillant général avec une grimace voluptueuse qui plissa son visage bouffi. Il est là ! Regardez !

Volte-face, il pointa l'index vers le fond de la cour, et le principal, fort satisfait de pouvoir mettre un terme au scandale de ces graffiti dans lesquels il était, lui aussi, nommément mis en cause, se pressa de gagner l'embrasure de la fenêtre. A côté de lui le surveillant général semblait mal à l'aise et gémissait sourdement :

— Une minute... une minute perdue...

Au fond de la cour, les quatre élèves avaient déjà quitté la vespasienne et, avant de regagner leurs classes, échangeaient quelques mots. L'un d'eux, pour se détendre, ramassait un caillou qu'il projetait d'un coup de pied vers le milieu de la cour, comme un ballon. Les deux hommes, derrière leur fenêtre, reconnurent facilement les quatre gamins. Il y avait Michelet, élève de troisième A ; Filleul, de troisième B ; Trubère, de quatrième B ; et Martin, le cancre de cinquième B.

— Lequel est-ce ? demanda le principal.

— Je ne sais plus, murmura Escuelle. Tout à l'heure, je le voyais de dos, j'attendais pour le reconnaître qu'il eût fait son besoin et qu'il se retournât. Mais vous êtes entré...

M. Prieur perçut un reproche dans les dernières paroles d'Escuelle. Il riposta en haussant les épaules :

— Il fallait rester à votre poste et m'informer sans tourner la tête. Le collège n'est pas la caserne... Je n'exige pas le garde-à-vous. Au moins, avez-vous noté quelque particularité vestimentaire qui puisse faire reconnaître le coupable ?

Le surveillant général eut un geste de détresse. Il n'y avait pas songé.

— J'étais si sûr de découvrir son visage que je ne voyais pas l'utilité...

— C'est pourtant l'ABC de ce genre de besogne, fit observer M. Prieur. Ainsi, vous n'avez aucun indice?

Escuelle considéra le groupe des élèves avec un air pensif et prononça comme en *a parte* :

— Je ne serais pas surpris si j'apprenais que Martin... c'est un si mauvais élève... Oui, peut-être Martin...

— En effet, approuva M. Prieur, ce Martin a déjà fait beaucoup parler de lui cette année. En tout cas, il faut que cette affaire soit tirée au clair. Courez vite jusque-là et faites attendre les élèves. J'arrive derrière vous.

Escuelle se jeta sur la porte avec impétuosité. Pour gagner la cour en contrebas, il lui fallait suivre un long couloir et descendre deux rampes d'escalier. Il partit au galop et dut s'arrêter après une course de vingt mètres, pris par un point de côté. En arrivant à l'escalier, il croisa Lebièvre, un jeune maître d'internat avec lequel il était en froid, et lui donna l'ordre de courir à la vespasienne. Soucieux de ne pas compromettre sa dignité d'homme, Lebièvre réclama des explications et se contenta d'accompagner Escuelle. Lorsqu'ils arrivèrent dans la cour, les élèves n'y étaient plus. On entendait un bruit de portes qui se refermaient. A son tour, le principal arriva et, ensemble, ils se rendirent au lieu du délit.

Depuis le milieu de la cour, ils aperçurent, tracée à la craie sur l'ardoise d'un compartiment, l'inscription qui leur était déjà familière. Elle se composait d'un cryptogramme en lettres capitales : L. N. S. Q. L., qui se lisait : Hélène Escuelle. Un dessin obscène, dans lequel était inscrit le nom de M. Prieur, était suspendu comme une épée de Damoclès au-dessus de la quatrième lettre. Quoiqu'il eût déjà vu un certain nombre d'inscriptions pareilles à celles-ci, le surveillant général devint livide et serra les poings. Il voulut exprimer son indignation, mais la rage l'empêcha d'articuler un mot. M. Prieur était rouge de colère et de confusion. Dans son désarroi, il se tourna vers Lebièvre et murmura :

— C'est infâme... Comment peut-on concevoir que j'aille...

Lebièvre hocha légèrement la tête, comme s'il réservait son jugement. L'air pensif, il regardait l'ignoble inscription en clignant les yeux et semblait mettre en balance la laideur proverbiale de Mme Hélène Escuelle et le fait que M. Prieur fût célibataire. Cette hésitation appliquée parut injurieuse au principal et lui rendit son sang-froid.

— Lebièvre, dit-il, effacez mon nom qui n'a rien à faire dans cette pornographie.

Le maître d'internat se déroba, d'un air offensé. M. Prieur se tourna vers le surveillant général :

— Effacez mon nom, Escuelle.

Un reste de fierté fit hésiter Escuelle. Aussi bien, qu'avait à faire dans cette saleté le nom de son épouse... Néanmoins, sous le regard irrité de son chef, il tira son mouchoir de sa poche presque sans y penser et, d'un peu de salive, en mouilla l'un des coins. Avec précaution, pour ne pas toucher aux contours du dessin, il entreprit d'effacer le nom de M. Prieur. Le principal, engagé dans le compartiment voisin, surveillait l'opération.

— Frottez encore avec un coin sec! Bon. Et maintenant, faites venir les quatre élèves qui étaient là tout à l'heure.

Escuelle eut à peine besoin de réfléchir. Il savait sur le bout du doigt l'emploi du temps de toutes les classes du collège. Il donna mission au maître d'internat d'aller chercher les élèves Michelet, Filleul et Trubère. Lui-même s'éloigna d'un pas pressé et jeta par-dessus son épaule :

— Je me charge de Martin!

Toute la classe de cinquième était penchée sur ses cahiers de texte et notait le sujet d'une composition française. M. Lamble, le professeur de français, dictait d'une voix lente : « Expliquez le proverbe : *Pierre qui roule n'amasse pas mousse.* Justifiez par des exemples... » Au fond de la classe, Martin levait la tête de temps à autre et jetait vers la fenêtre un coup d'œil furtif. C'était un enfant de douze ans qui en paraissait quatorze, au visage blême et osseux ; une peau boutonneuse, des paupières gonflées et des lèvres épaisses, crevassées, lui donnaient un aspect malsain.

Le surveillant général ouvrit la porte avec fracas et, l'œil féroce, se dirigea vers le fond de la classe. Tous les élèves, d'un seul élan, avaient levé la tête. Seul, Martin restait penché sur son cahier et ne semblait rien voir. M. Lamble, choqué par le sans-gêne du surveillant général, esquissait un geste de protestation qui passa inaperçu.

— Martin, levez-vous! rugit Escuelle. On vous a surpris écrivant des saletés sur l'ardoise de la vespasienne. Avouez!

Martin se dressa à son banc, plus pâle qu'à l'ordinaire. Un tremblement agita ses deux mains, on le vit vaciller et l'on put croire qu'il allait s'évanouir. Puis une expression de résignation apaisa son visage bouleversé par la peur. Il baissa la tête et balbutia, en se dandinant, des paroles incompréhensibles. Escuelle eut un rire d'exultation et dit en se tournant vers les élèves :

— J'ai réussi à le faire avouer!

Un murmure courut parmi les élèves, qui appréciaient diversement l'attitude de Martin, mais la voix de M. Lamble réclama le silence. Penché sur sa chaire, le professeur interpella Escuelle avec une violence contenue, pleine de dignité.

— Monsieur le surveillant général, vous êtes ici chez moi et non pas au café. Je vous ordonne de sortir.

Émerveillés qu'on pût ainsi parler au surveillant général, les élèves considéraient leur professeur avec une tendre ferveur. Martin avait relevé la tête, et une lueur d'espoir brillait dans son regard.

— Je suis envoyé par le principal, riposta Escuelle. Si vous êtes mécontent, allez lui faire des reproches.

— Certes! Je lui reprocherai d'abord de nous infliger le commerce d'un butor...

— Permettez ! Ce que vous venez de dire est trop grave...

— Et je lui signalerai les ignobles procédés d'intimidation dont vous venez d'user à l'égard d'un enfant qui m'a été confié. Vos brutalités policières ne sont pas de mise chez moi, et je vous réitère de sortir.

Escuelle n'insista pas. Une fois déjà, il avait eu maille à partir avec M. Lamble, et il lui en avait coûté une semonce du principal. Avant de sortir, il saisit l'élève Martin par le bras et le fit sortir à force de son banc. Comme il l'entraînait vers la porte, le professeur lui enjoignit d'une voix furieuse qu'il eût à lâcher son élève. Le surveillant général passa outre en haussant les épaules et claqua la porte derrière lui. Quand ils furent dehors, il dit à Martin :

— Votre affaire est claire, mon garçon. L'établissement va être débarrassé du triste individu que vous êtes.

— Je n'ai rien fait, répondit Martin avec fermeté. Je le jure.

— Trop tard ! Vous avez avoué !

— Je jure que je n'ai rien fait.

Les élèves Michelet, Filleul et Trubère étaient déjà sur les lieux et répondaient aux questions de M. Prieur. C'étaient des enfants à la mine éveillée, fort sympathique, et le principal, qui voulait être sévère, ne se défendait pas de leur parler avec bienveillance. Leurs souvenirs manquaient de précision et ils avaient oublié les places qu'ils avaient respectivement occupées un instant plus tôt. Leurs témoignages étaient contradictoires, et l'on ne pouvait espérer que la vérité en sortît. En tout cas, ils semblaient être de bonne foi. Michelet, considérant le compartiment du crime, déclara avec la tranquillité d'un garçon qui a sa conscience pour soi :

— Il me semble que c'est moi qui étais là... cette place-là ou celle de gauche, mais c'est sûrement une des deux.

— Moi, dit Filleul, je ne me rappelle pas qui j'avais

à côté de moi, mais je croirais bien que j'étais à cette place-là... et pourtant, je n'ai rien écrit.

Il semblait aussi à Trubère qu'il eût occupé le dangereux compartiment, quoiqu'il ne pût rien affirmer. Ainsi, les trois élèves, au lieu de se dérober formellement, comme l'eût fait le coupable, collaboraient en toute loyauté à la recherche de la vérité. Leur innocence parut éclatante aux yeux de M. Prieur. Aucun d'eux n'avait observé que l'un de ses voisins écrivît sur l'ardoise, et le fait n'était pas surprenant, car les cloisons qui compartimentaient la vespasienne avaient assez de hauteur et de largeur pour les dissimuler les uns aux autres. Le principal posa encore quelques questions pour la forme, mais son siège était déjà fait. En arrivant avec Martin, qu'il tenait toujours par le bras, Escuelle ne dit rien d'abord, réservant son effet. Martin se rangea auprès des trois autres élèves et attendit qu'on l'interrogeât. Son air à la fois abruti et sournois, les bouffissures malsaines de son visage blême, son regard fuyant, ne parlaient pas en sa faveur et, par contraste avec les physionomies des autres enfants, le désignaient à tous les soupçons. Le maître d'internat lui-même, qui eût souhaité tenir un argument solide de nature à contrarier la vengeance d'Escuelle, fut impressionné fâcheusement par la mauvaise mine du nouveau venu. Le principal prononça sévèrement :

— Martin, vous êtes soupçonné d'être l'auteur de ce répugnant gribouillage. Vous étiez là tout à l'heure...

— Ce n'est pas moi, monsieur le principal. Je le jure.

A l'appui de son serment, il étendit le bras, mais sa voix sonnait faux et il ne put soutenir le regard du principal. Les trois autres élèves en paraissaient gênés et baissaient la tête. Escuelle fit entendre un ricanement cruel, et M. Prieur poursuivit :

— Montrez-moi la place où vous étiez tout à l'heure.

Martin n'eut pas une seconde d'hésitation et désigna un compartiment.

— J'étais là. Je le reconnais.

— L'affirmation est plaisante, ironisa M. Prieur. Je

voudrais bien savoir à quoi vous le reconnaissez. Tous les compartiments sont pareils...

— J'étais là, répéta Martin avec un air buté.

— Vous avez plus de mémoire que vos camarades. Ils ne se rappellent plus l'endroit qu'ils occupaient. Vous seul, Martin, êtes catégorique, et c'est précisément ce qui rend votre témoignage suspect. Je dirai même que votre système de défense vous accable.

Martin voulut nier encore une fois, mais le surveillant général lui imposa silence et déclara avec un large sourire :

— Sa culpabilité est d'autant moins douteuse que tout à l'heure, sous le coup de la surprise, j'ai réussi à lui en arracher l'aveu en présence de ses camarades de cinquième.

Martin parut découragé et n'éleva aucune protestation. Simplement, il jeta un regard de détresse vers les fenêtres de la classe de cinquième. Les trois autres élèves, mal à l'aise, courbaient les épaules en grattant la poussière de la cour avec la pointe de leurs souliers. Le maître d'internat Lebièvre considérait le coupable et se sentait pris de pitié pour ce gamin maladif et vicieux. M. Prieur se recueillit quelques secondes et tourna le dos à la vespasienne pour ne pas commettre sa justice avec l'image de ces lieux sans majesté. Tout le monde l'imita sans bien comprendre la noblesse de son intention.

— Vous êtes découvert, Martin, et il ne pouvait en être autrement dans un établissement d'une discipline aussi vigilante. Je m'abstiendrai de qualifier comme il convient les basses pensées qui vous ont conduit à accomplir une pareille vilenie. Vos parents, dûment avertis, sauront en juger. Malheureux enfant! Comment votre main ne tremblait-elle pas à l'instant de tracer d'aussi révoltantes inscriptions qui lèvent le cœur et confondent la raison de tout homme bien né? Et de quoi vous ont servi les bons enseignements des maîtres les plus savants et les plus dévoués? Mais le laboureur peine sans profit à vouloir ensemencer une terre ingrate. Puissiez-vous ne pas regretter un jour, Martin, l'infamie de votre conduite! Pour moi, mon devoir est trop clair, et la seule sanction qui s'impose est le renvoi immédiat. Allez prendre vos livres et vos cahiers chez M. Lamble et rejoignez-moi dans mon bureau. Quant à vous, dit-il aux trois autres élèves, rien ne vous retient plus et vous pouvez rentrer.

Martin étouffa un sanglot et partit la tête basse, en balbutiant avec une grimace de désespoir :

— J'ai rien fait! Je le jure!

Le maître d'internat Lebièvre en eut le cœur serré, et quoiqu'il demeurât convaincu de la culpabilité de Martin, il fit observer à Escuelle :

— Je trouve bien étrange qu'après avoir fait des aveux il affirme néanmoins son innocence...

— On voit bien que vous n'avez pas l'habitude de manier des élèves, riposta le surveillant général avec dédain. Ils ne s'embarrassent pas de logique, allez!

Le principal eut un geste de mécontentement. Une généralisation aussi malveillante lui paraissait digne d'un garde-chiourme et non point d'un éducateur.

— Escuelle, allez donc effacer l'inscription. Il est inutile que vous soyez une fois encore la risée des élèves et des professeurs pendant la récréation.

Le surveillant tira son mouchoir et, en se retournant, eut un geste de contrariété. La vespasienne, en son milieu, était occupée par un grand élève de première ou de philosophie, qui semblait vivement intéressé par l'inscription qu'il avait sous les yeux. On n'apercevait pas son visage, mais l'on devinait au léger tremblement de ses épaules, qu'il riait à plaisir.

— Dites donc, là-bas! s'écria Escuelle.

L'élève, autant que la décence le lui permettait, jeta un coup d'œil derrière lui, montrant un visage hilare et contraint.

— Voyons, laissez-le tranquille! intervint M. Prieur à mi-voix. Après tout, ce n'est pas lui qui a inspiré cette obscénité.

Escuelle rongea son frein et, le mouchoir prêt, attendit l'instant de bondir dans le compartiment d'infamie.

L'élève de philosophie urinait la tête haute et les

yeux au ciel, pour ne pas mériter le reproche d'une pensée complaisante au vice. Tout à coup, il eut un tressaillement violent, et l'émotion le coupa. Une grande voix de colère emplissait la cour, faisant accourir aux fenêtres tous les professeurs du collège :

— Mensonge! criait M. Lamble, debout sur le seuil de la cinquième. C'est une lâcheté et c'est une odieuse subversion!

Le principal regardait la haute silhouette de M. Lamble avec effarement, doutant s'il était bien éveillé. Escuelle empochait son mouchoir et commençait à craindre, cependant que l'élève de philosophie évacuait le compartiment à la hâte. Le professeur de cinquième traversa la cour à grands pas, accompagné de l'élève Martin qu'il enveloppait d'un bras paternel. En arrivant à quelques pas de la vespasienne, il désigna Escuelle d'un index menaçant et cria encore à pleins poumons :

— J'accuse le surveillant général d'avoir menti! Je l'accuse d'avoir obtenu par un faux témoignage et pour des mobiles de basse vengeance le renvoi d'un élève innocent du crime dont il veut le salir! Il n'est pas vrai que Martin ait fait des aveux dans ma classe, Monsieur! Vous en avez menti!

Martin, dont les yeux étaient encore rouges et gonflés des pleurs qu'il avait versés, tenait la tête baissée et promenait autour de lui un regard sournois. A mesure que son professeur accusait, sa physionomie craintive prenait une expression de contentement perfide. Mais personne ne prenait garde à son attitude. Escuelle avait fait un pas de retraite et instinctivement dissimulait l'inscription aux regards de M. Lamble. Il affirma d'une voix rageuse avoir entendu la confession de Martin, mais le professeur renouvela son accusation, offrant de faire témoigner les élèves de cinquième et faisant à Escuelle le grief supplémentaire d'avoir terrifié le malheureux enfant. Le principal, voyant l'ampleur que prenait le débat, chercha un terrain de conciliation où l'amour-propre des deux adversaires trouvât son compte.

— Le surveillant général a pu se tromper de bonne foi, suggéra-t-il.

Escuelle hocha la tête, comme s'il apercevait soudain une raison de douter de ses oreilles.

— En tout cas, se hâta d'ajouter le principal, cette question des aveux n'a aucune importance et ne peut rien changer à notre conviction.

A ces mots, le maître d'internat haussa les sourcils et pinça les lèvres, en signe de surprise et de désaccord. M. Lamble devint sarcastique :

— Permettez-moi, monsieur le Principal, de vous demander sur quoi se fonde votre conviction. L'élève Martin a été brutalisé dans ma classe, je suis donc immédiatement responsable des sévices exercés sur sa personne à l'occasion d'une faute que son tortionnaire lui a gratuitement imputée. Je suis aussi intéressé que l'élève Martin à connaître les raisons qui ont dicté votre décision. Vous me l'accordez ?

— Non pas, répondit M. Prieur que la colère commençait à gagner. Vous prétendez vous immiscer dans des questions administratives qui sont de mon ressort. Je ne puis l'admettre sous aucun prétexte.

M. Lamble se mit à rugir encore une fois. Il ne laisserait pas se commettre une injustice et donnerait sa démission plutôt que d'observer un silence complice. Il était prêt à appuyer la plainte que la famille Martin ne manquerait pas d'introduire à son instigation. Le principal eut la vision d'un scandale sans précédent et d'une fiche dangereuse épinglée pour l'éternité à son dossier de fonctionnaire.

— Soit, dit-il à contrecœur, je vous accorde ce droit de contrôle sur ma conduite. Vous voilà le principal.

M. Lamble ne releva pas l'ironie amère de son propos et se détendit aussitôt.

— Parfait, dit-il, et maintenant examinons les charges qui pèsent sur l'élève Martin. Voyons premièrement le corps du délit.

Escuelle s'effaça, le mufle mauvais, et découvrit le corps du délit. M. Lamble se pencha sur l'inscription avec curiosité, la déchiffra à haute voix et attira vivement l'attention des témoins sur le dessin obscène.

— En somme, la vertu de Mme Escuelle aurait inspiré des doutes à l'auteur de cette dédicace ?

Il sourit dans le nez du surveillant général qui se retint à grand-peine de le gifler, et il se tourna vers le principal :

— Ne trouvez-vous pas, monsieur le Principal, que cette formule est bien ingénieuse ? Pour moi qui connais l'élève Martin depuis près de deux ans, car vous savez qu'il redouble sa cinquième, je ne le crois pas capable d'exprimer avec autant de subtilité son opinion sur la vertu de Mme Escuelle...

— Vous appelez subtilité ce que j'appelle une cochonnerie, grogna M. Prieur.

— D'ailleurs, reprit M. Lamble, n'exagérons rien. Ce que je dis là n'apporte aucune preuve en faveur de Martin. Simple présomption, rien de plus. Mais a-t-on songé à comparer l'écriture des quatre élèves suspects avec cette inscription ? C'est indispensable.

Avec un zèle dont M. Prieur s'irrita secrètement, le maître d'internat courut chercher un morceau de craie dans la classe de cinquième.

Martin, à l'invitation de son professeur, s'approcha et commença de reproduire sur le compartiment voisin les lettres capitales de l'inscription. La frayeur, l'émotion, faisaient trembler sa main, et l'on ne pouvait même pas l'accuser de déformer volontairement son écriture. Comme il en était au troisième caractère, la cloche sonna pour une courte récréation. Tous les professeurs de l'établissement, déjà intrigués par l'éclat de la dispute, se pressèrent autour de la vespasienne. Derrière eux, les élèves se bousculaient avec un murmure avide, et le principal dut donner l'ordre à Escuelle de les refouler. Cependant, Martin traçait le quatrième caractère, qui était le plus délictueux, et derrière lui, les professeurs du collège formulaient déjà des appréciations, les uns tenant pour la ressemblance, les autres contre. M. Lamble, malgré le mécontentement du principal, crut devoir les mettre au courant de la forfaiture d'Escuelle. Il y eut des exclamations indignées. Un certain nombre de professeurs se solidarisèrent avec leur collègue et défendirent la cause de Martin. D'autres, soucieux de faire leur cour au principal, affirmèrent tumultueusement la ressemblance entre les deux écritures. Le ton de la dispute se haussa. Des jalousies latentes et d'anciennes rancunes explosèrent à grand fracas à propos de la lettre L ou de la lettre S. Penchés sur la vespasienne, le nez contre l'ardoise, ces hommes habituellement graves argumentaient avec des cris de rage et de victoire. A quelque distance de là, le surveillant général, cerné par un groupe d'élèves menaçants, était conspué à cinquante voix. Le collège semblait proclamer la révolution. Quand la cloche sonna la fin de la récréation, les professeurs ne levèrent même pas la tête. M. Prieur, coincé dans un compartiment de la vespasienne par le ventre énorme du professeur de physique, voulut faire entendre la voix de la raison et n'y parvint pas. Cependant Martin s'était faufilé derrière le jury, et tout à coup une clameur immense monta vers le ciel : « Vive Martin ! » Les élèves de cinquième portaient leur camarade en triomphe. Électrisé, le professeur d'anglais reprit le cri de : « Vive Martin ! », et dix de ses collègues après lui. On ne discutait plus, on braillait sa haine et son amour. Le maître d'internat Lebièvre était parmi les plus enragés martinistes. Un peu essoufflé par l'effort qu'il avait fourni, il parla à l'oreille de M. Lamble. Alors on vit le professeur de cinquième lever les mains pour réclamer une minute d'attention.

— L'épreuve que vient de subir Martin était inutile, car en caractères romains rien ne ressemble à une lettre capitale comme une autre capitale. Il aurait fallu pouvoir faire la comparaison entre deux mots en écriture anglaise. Ce n'est plus possible ! A l'intérieur de ce dessin obscène, il y avait primitivement un mot tracé en écriture anglaise. Or, il a été effacé ! Je demande à M. le Principal par qui et pour quoi ?

D'un coup d'œil, M. Prieur s'assura que le surveillant général était toujours au milieu des élèves, et répondit distraitement :

— En effet, M. Escuelle a cru devoir effacer le mot. Il l'a fait d'ailleurs sans aucune arrière-pensée, je m'en porte garant.

Cette révélation mit le comble à la fureur des martinistes. Le professeur d'anglais cria qu'on avait falsifié le document. M. Lamble, se haussant sur la pointe des pieds, invita MM. les élèves à rendre la liberté à Escuelle afin qu'il comparût devant le tribunal des professeurs.

On s'attendait à voir paraître un Escuelle doucereux et repentant, mais le surveillant général, que les brimades des élèves avaient rendu enragé, se présenta en accusateur. Il déclara d'une voix ferme, avec une hauteur qui fit rougir le principal :

— Parfaitement, j'ai effacé le mot. Je prends tout sur moi. A quoi riment ce tapage et ce semblant de colère ? Hypocrisie... Vous savez tous que c'est Martin qui a fait le coup. Il n'y a personne qui en ait douté seulement une minute ! Non, pas même M. Lamble !

— Vous vous égarez, riposta doucement le professeur de cinquième. Il ne s'agit pas de probabilités, il s'agit de fournir des preuves. Or, je suis obligé de constater que non seulement vous n'en avez aucune, mais encore que vous vous êtes rendu coupable d'un faux témoignage et, ainsi que le disait tout à l'heure mon collègue d'anglais, d'une falsification de document. Dans ces conditions, j'estime que l'accusation est sans fondement et que la décision de M. le Principal doit être rapportée.

M. Prieur eut un haut-le-corps, mais ne fit entendre aucune protestation. Sentant lui échapper sa vengeance qui se confondait à ses yeux avec la cause de la justice, le surveillant général perdit la tête. Il lui sembla voir se multiplier l'inscription infâme qui déshonorait son épouse à la face du collège assemblé. Il prit son mouchoir et, d'un geste prompt, effaça les lettres et le dessin.

— Je n'ai pas de preuves à fournir, mais j'ai vu, depuis mon bureau, l'élève Martin écrire sur la vespasienne.

— Vous l'avez reconnu de dos ? demanda M. Lamble.

— Parfaitement. Je l'ai reconnu de dos.

Un revirement sembla s'opérer parmi les professeurs impressionnés par le geste d'Escuelle. Mais le professeur de cinquième ne démordait pas. Il proposa d'une voix insidieuse :

— Sans doute M. le surveillant général serait-il capable de reconnaître à la même distance quatre élèves choisis au hasard et alignés contre la vespasienne ?

Il y eut un murmure de protestation. L'épreuve paraissait maintenant humiliante et déplacée.

— Je vous demande pardon, insista M. Lamble. Il s'agit de l'avenir d'un enfant de douze ans.

Le murmure se tut, mais les visages restaient réprobateurs. Le principal était affaissé et comme étranger au débat. D'un regard, Escuelle chercha le secours de son autorité et, n'obtenant rien, eut un sourire de mépris. La joie de pouvoir mépriser l'homme en face duquel il avait l'habitude de trembler illumina son cœur.

— Allons, dit-il à M. Lamble. Je suis prêt.

Il ne se méprenait pas sur les difficultés que présentait l'épreuve. Il l'avait bien vu tout à l'heure. Mais dans cette minute où il se sentait plus honnête et plus fier que ses collègues, il crut en la justice et, contre toute raison, mit son espoir dans un hasard équitable qui lui soufflerait les quatre noms à l'instant de parler. Accompagné de M. Lamble et du professeur d'anglais, il gagna son bureau et marcha vers la fenêtre. Dans la cour, les élèves étaient déjà massés sur les côtés en deux longues files parallèles pour laisser le champ libre. Au fond, quatre gamins en culottes courtes occupaient quatre compartiments de la vespasienne. Escuelle ne chercha même pas à les reconnaître. Les yeux fermés, il prononça d'une voix vibrante de certitude :

— De gauche à droite, je vois Lasparre, Mouget, Ravier et Lérillon.

M. Lamble déplia la petite liste pliée en quatre que le maître d'internat venait d'apporter, et déclara :

— Vous vous êtes trompé sur les quatre. La cause est entendue.

Laissant Escuelle rêver à la fenêtre, il quitta le bureau

sans autre commentaire. Dans sa classe de cinquième, quelques minutes plus tard, il promenait sur les derniers bancs un regard mélancolique.

— Martin, récitez-moi *La Mort et le Bûcheron!* dit-il.

Debout à son banc, Martin ânonna quelques mots des deux premiers vers et s'arrêta presque aussitôt.

— Vous ne savez pas votre leçon, fit observer M. Lamble.

Le cancre regarda son maître avec des yeux stupides et éclata d'un rire doux, à la fois complice et affectueux.

— Vous me ferez deux heures de retenue pour n'avoir pas appris votre leçon, prononça M. Lamble, et deux heures pour éclater d'un rire que rien ne justifie.

L'élève Martin, avant de se rasseoir, se dandina d'un air désemparé, et un immense étonnement parut dans le regard de ses yeux troubles.

Le temps mort

Il y avait à Montmartre un pauvre homme appelé Martin qui n'existait qu'un jour sur deux. Pendant vingt-quatre heures, de minuit à minuit, il vivait comme nous le faisons tous et pendant les vingt-quatre suivantes, son corps et son âme retournaient au néant. Il en était bien ennuyé et pour plusieurs raisons. Comme il ne gardait aucun souvenir des temps morts et que les jours pleins se soudaient dans sa mémoire aux jours pleins, la vie lui paraissait courte à ce point qu'il s'ingéniait à la rendre morne. Surtout, il avait honte d'une anomalie qui l'eût fait regarder de travers si elle était venue à la connaissance des voisins. N'exister qu'un jour sur deux est une chose qui révolte le bon sens. Martin lui-même en était choqué et croyait dangereux de mettre le monde en demeure d'accepter une réalité aussi absurde. C'est pourquoi il faisait de son mieux pour que le secret de sa vie intermittente ne transpirât pas et, pendant dix années qui lui parurent comme cinq, il y réussit parfaitement.

Martin n'était pas obligé de gagner sa vie, son oncle Alfred lui ayant laissé un héritage qui lui permettait de subvenir aux besoins de sa demi-existence. Dans sa situation, c'était une chance singulière, car il y a bien peu d'emplois qui laissent la faculté de ne travailler qu'un jour sur deux, et peut-être même qu'il n'y en a pas. Il demeurait dans une vieille maison de la rue

Tholozé qui monte tout droit d'un point à un autre de la courbe décrite en son milieu par la rue Lepic. Il avait là, au quatrième étage, une chambre indépendante qu'il avait meublée lui-même à peu de frais et dont le loyer annuel était de six cent soixante-quinze francs. C'était un locataire silencieux qui ne recevait jamais personne et évitait les conversations dans l'escalier. Les voisins n'eurent jamais à se plaindre de lui et sa concierge l'estimait parce qu'il était assez bien fait de sa personne et qu'il avait une jolie moustache noire.

Les jours où il existait, Martin se levait à l'aube pour n'en rien perdre, s'habillait rapidement, et gagnait la rue. Il lui semblait qu'il se fût endormi non pas l'avant-veille, mais la veille, et son cœur se serrait à la pensée de cette journée pendant laquelle il n'avait pas vécu. Sur son chemin, les boutiques étaient encore fermées, et il lui fallait aller jusqu'à une gare de métro pour acheter un journal qui lui laissât quelque image de ces vingt-quatre heures impossibles à situer. En prêtant l'oreille aux propos des passants, il se demandait ce que le monde avait bien pu faire sans lui. Le mot hier, qu'à chaque instant il surprenait au vol, l'enfiévrait de curiosité, d'envie et de regret. C'était pour lui le moment le plus pénible de la journée. Il lui arrivait de se sentir accablé. Ne connaître jamais que le jour pendant lequel il vivait, sans hier et sans lendemain, lui paraissait le plus abominable des supplices. Ayant acheté son journal, il s'en allait le lire au fond d'un café, où il prenait son petit déjeuner. D'abord, il dévorait les titres, et puis reprenait chaque page par le menu. Au zinc, les hommes du matin avalaient leur café avant de se rendre au travail, échangeaient des réflexions à haute voix sur le temps qu'il avait fait dans la matinée d'hier ou dans la soirée. Tout en demeurant attentif à leurs propos, Martin essayait d'écarteler ses derniers souvenirs de l'avant-veille pour faire une place aux événements que rapportait son journal.

Enfin, consultant sa montre, il était pris d'une autre

angoisse, celle de l'heure qui s'écoulait. A lire les nouvelles d'hier, le temps passait avec une rapidité effrayante. Martin se hâtait de payer son café et s'en allait sur des chemins qu'il avait choisis. Il évitait le centre de Paris où la variété du spectacle ne lui permettait même pas d'épier la fuite des minutes. L'une de ses promenades favorites était le nord du quartier de la Chapelle. En suivant la rue Riquet, il débouchait sur des paysages de gazomètres, de voies ferrées et de gares de marchandises, qui avaient, dans leur désolation, un déroulement d'infini. Dans ses meilleurs jours, il lui semblait que le temps se consommât plus lentement sur ces plaines de fer que partout ailleurs. Mais d'autres fois, il s'amusait sans y songer d'une locomotive haut le pied, d'un flocon de fumée ou de la courbe d'un rail. Tout à coup, il s'apercevait qu'une heure s'était ainsi écoulée sans qu'il y eût pris garde. Alors, il perdait la tête, reprenait sa promenade, voyait danser les aiguilles de sa montre, et finissait par recourir à des ruses de son invention. Feignant par exemple qu'il eût à prendre le train, il arrivait sur le quai de la gare avec une heure d'avance, dans l'espoir que le temps lui paraîtrait démesurément long. Mais la vertu de son stratagème s'était usée. Et les courses dans les tramways de banlieue, aux heures de moindre trafic, fût-ce par un jour de pluie fine, ne le trompaient pas davantage. Les aiguilles tournaient sur le cadran d'un mouvement accéléré, et tous ses efforts à retenir le temps ne faisaient qu'en hâter la fuite. Il avait essayé de garder la chambre une partie de la journée et, en fixant un motif de papier de tenture, de tenir son esprit immobile. Mais sa pensée vagabondait malgré lui, et les murs s'animaient de telle sorte qu'il croyait être au cinéma.

Les seuls moments d'optimisme que connût Martin étaient à l'heure de midi. Après avoir acheté quelques provisions sur le marché de la rue Lepic, il montait dans sa chambre préparer son repas sur une lampe à alcool. Sa promenade du matin le mettait en appétit, et c'est en mangeant un bifteck ou une portion d'endives qu'il trouvait quelque consolation à sa mélancolie. « Un jour sur deux, pensait-il, ce n'est peut-être pas grand-chose, mais c'est quand même mieux que de ne pas exister du tout. C'est mieux que d'être mort ou de n'être pas né. Quand on pense à tous ceux qui auraient pu naître et que l'occasion n'a pas favorisés, à tous ceux qui n'ont même pas eu un jour pour goûter à la vie, ni la moitié d'un, ni le quart, on ne peut pas se plaindre. »

Mais la sagesse et les bonnes raisons ne le consolaient pas longtemps. Quand le contentement de son estomac ne les soutenait plus, elles devenaient à peu près comme rien, et les après-midi n'étaient pas moins cruelles que les matinées.

Le soir, après une longue promenade dans les rues solitaires, il rentrait chez lui à onze heures, se couchait, et s'endormait presque aussitôt. A minuit, il disparaissait d'une manière soudaine pour réapparaître vingt-quatre heures plus tard à la même place et reprendre le fil de son rêve. Bien souvent, Martin avait eu la curiosité d'attendre tout éveillé l'instant inimaginable où il ne serait plus. Il n'avait jamais rien observé ou perçu, pas même un passage. Si, dans la seconde d'avant minuit, il était en train de déboutonner son gilet, il se retrouvait, dans la seconde d'après, occupé à la même besogne. Mais il venait de s'écouler une journée pleine, et il n'avait qu'à descendre dans la ville pour en avoir les preuves. Comme la sensation de ce temps mort lui était refusée, il avait pris le parti de s'endormir avant minuit pour s'éviter l'angoisse d'une attente inutile.

Il y avait, en somme, fort peu de chances que le mystère fût jamais connu de personne. Il aurait fallu que Martin commît l'imprudence de se trouver à minuit dans un endroit fréquenté et il s'en gardait avec beaucoup de soin. Il eut pourtant une alerte assez chaude. Un jour qu'il n'existait pas, une fuite d'eau se produisit dans sa chambre et inonda l'étage inférieur. Avertie, la concierge vint frapper à sa porte et, constatant qu'elle était fermée à clef de l'intérieur, pensa qu'il était mort. Elle fit appel à un serrurier et fut très étonnée de ne trouver sans sa chambre ni mort ni vivant. Le chapeau du locataire était accroché au mur, ses vêtements étaient pliés sur une chaise, son linge, qui paraissait encore frais, pendait à l'espagnolette de la fenêtre, mais Martin n'était pas là. On n'alla pas jusqu'à soupçonner la vérité, mais l'affaire fit du bruit dans la maison. Le lendemain, comme il descendait de bonne heure à son habitude, la concierge arrêta Martin et lui demanda d'un air menaçant la raison de ce mystère. Il eut assez de sang-froid pour ne pas s'embrouiller dans une explication impossible et répondit avec un air d'insouciance :

— Ma foi, je n'y comprends rien, mais vous avez un peignoir de pilou qui vous va joliment bien... ah! oui, joliment bien...

— Vous trouvez? dit la concierge.

Elle eut un sourire de bonté et Martin ne fut pas inquiété autrement. Depuis cette aventure, il prit garde, lorsqu'il fermait sa porte avant de se coucher, à ne jamais laisser la clef sur la serrure.

Un jour de septembre, Martin devint amoureux et c'était justement l'une des choses qu'il redoutait le plus. D'habitude, quand il apercevait une jolie femme, il prenait la précaution de baisser les yeux. Mais ce matin-là, comme il se trouvait dans une boucherie de la rue Lepic, il entendit une voix d'or prononcer derrière lui : « Une petite tranche entre vingt et vingt-cinq sous », et déjà il était amoureux. En tournant la tête, il vit une jeune femme aux yeux tendres, qui avait tout ce qu'il faut pour occuper la pensée d'un pauvre homme qui n'existe qu'un jour sur deux. Elle fut émue de son regard fervent, de l'entrecôte de célibataire qu'il tenait à la main, et voulut bien lui laisser voir qu'elle rougissait.

Tous les deux jours, il la rencontrait sur le marché de la rue Lepic et ils échangeaient de tendres regards. Martin n'avait jamais autant regretté de ne pas vivre comme tout le monde. Il n'osait adresser la parole à la jeune femme, dans la crainte qu'une aventure n'eût des suites fâcheuses. « Comment s'accommoderait-elle d'un homme tel que moi ? pensait-il, ce n'est sûrement pas agréable pour une femme d'être veuve un jour sur deux. Et puis, de quoi aurais-je l'air, les jours où je n'existerais pas ? »

Pourtant, un matin qu'il pleuvait, il lui offrit de l'abriter sous son parapluie et elle accepta d'un si doux sourire qu'il ne put résister à lui avouer son amour. Aussitôt, il se mordit les lèvres, mais trop tard. Déjà, elle lui pressait la main sous son parapluie.

— Moi aussi, dit-elle, je vous aime depuis le jour de l'entrecôte. Je m'appelle Henriette. J'habite rue Durantin.

— Moi, dit Martin, je m'appelle Martin et j'habite rue Tholozé. Je suis bien content.

Sur le point de la quitter, dans la rue Durantin, il pensa ne pouvoir moins faire que de lui demander un rendez-vous.

— Si vous voulez, dit Henriette, je suis libre demain, toute la journée.

— Impossible, répondit Martin en rougissant. Demain, je ne suis pas là. Mais après-demain ?

Tous deux furent exacts au rendez-vous qui avait été fixé dans un café du boulevard de Clichy. Quand ils eurent échangé tout l'ineffable, Martin, qui avait beaucoup réfléchi à la situation, poussa un grand soupir et déclara :

— Henriette, j'ai encore un aveu à vous faire. Je n'existe qu'un jour sur deux.

Il vit au regard d'Henriette qu'elle ne comprenait pas bien et lui expliqua toute l'affaire.

— Voilà, conclut-il d'une voix anxieuse. J'ai préféré vous mettre au courant. Évidemment, un jour sur deux, ce n'est pas beaucoup...

— Mais si, protesta Henriette, ce n'est déjà pas mal. Bien sûr, il vaudrait mieux être ensemble tout le temps, surtout les premiers jours, mais la vie est comme ça. On ne fait pas ce qu'on veut.

Martin lui mit une main sur l'omoplate, une autre sous le sein gauche, et ils restèrent embrassés jusqu'aux lumières de l'apéritif. Une heure plus tard, Henriette quittait sa chambre de la rue Durantin pour s'installer rue Tholozé. Ce soir-là, ils prirent à peine le temps de dîner. Leurs regards ne pouvaient plus se déprendre et ils découvraient à chaque instant plus sûrement qu'ils étaient faits l'un pour l'autre. L'heure passait sans qu'aucun d'eux y songeât et sur le coup de minuit, Henriette poussa un cri de surprise. Martin, qui la tenait enlacée, lui fondit brusquement entre les bras. Dans le premier moment de déception, elle faillit lui en vouloir de disparaître ainsi sans même faire un peu de fumée, mais son amour lui inspira presque aussitôt l'inquiétude qu'il ne revînt pas. Elle avait beaucoup de mal à imaginer qu'il eût cessé d'exister, même provisoirement. Et en vérité, c'était une chose inimaginable. Henriette ne put se défendre de penser qu'il était au ciel et un peu aussi dans la chambre, à la manière des morts qui rôdent partout pour surprendre les pensées des vivants. Avant de s'endormir, elle récita une petite prière dans le but de l'apaiser, de se le concilier et de le recommander à Dieu.

Le lendemain matin, en s'éveillant dans cette nouvelle chambre, elle eut un serrement de cœur en pensant à Martin. Elle le plaignait avec amour, jusqu'aux larmes, et le redoutait en même temps, comme une présence subtile et attentive. En faisant sa toilette, elle prit garde à ne se mettre jamais en situation de blesser la pudeur d'un témoin, car les morts et tout ce qui prend pied au ciel sont facilement malveillants. Ils aiment bien à chercher la petite bête et à avoir une occasion de ricaner, sans cœur qu'ils sont. Vers neuf heures, la concierge glissa sous la porte un prospectus. Cela fit un léger bruissement qui vint aux oreilles d'Henriette occupée à enfiler ses bas. Elle tourna la tête avec un sourire amical mais non sans un peu d'effroi, et dissimula ses genoux nus. Sa première pensée avait été que Martin manifestait sa mauvaise humeur avec cette manière discrète des absents. Elle se rassura en apercevant le prospectus et fut en même temps déçue.

« J'aimerais mieux être sûre qu'il est ici, pensa-t-elle, comment croire qu'il reviendra, si vraiment il n'est plus rien? »

Elle eut plusieurs crises de larmes dans la matinée. L'après-midi alla bien mieux. Martin n'avait plus que quelques heures à s'absenter dans cet inconcevable néant, et peu à peu la promesse de son retour délivrait Henriette de toutes ses inquiétudes. Elle l'attendait, avec une tendre impatience, comme un voyageur qui s'engage enfin dans le chemin familier de la maison après un long séjour dans les pays lointains où la pensée ne le rejoignait plus. Vers quatre heures après-midi, il devait être à Dijon et mangeait un sandwich au buffet de la gare. Comme son train ne repartait pas tout de suite, il prenait le temps d'aller faire un tour en ville. Henriette le suivait dans les rues principales, le remettait dans son train et lui choisissait une bonne place de coin en prenant la précaution de fermer les portières pour qu'il n'eût pas de courant d'air. Le train omnibus s'arrêtait dans toutes les gares. C'était ennuyeux, mais puisqu'il était en route, il n'y avait qu'à patienter.

A minuit, Martin reprenait corps dans le lit qu'il avait quitté la veille. Rien ne l'avertit d'abord que vingt-quatre heures s'étaient écoulées pendant lesquelles Henriette était restée seule. Il la serra dans ses bras en croyant poursuivre les jeux de leur première nuit. Ce ne fut qu'un instant plus tard, en voyant l'heure au réveille-matin qu'il s'avisa de sa disparition. Tandis qu'Henriette lui caressait la main comme pour le consoler, il eut un regard anxieux et la même question leur vint aux lèvres : « Alors ? » Ce fut Martin qui répondit le premier, en haussant les épaules.

— Alors ? eh bien ! rien... Comprends-tu ? rien. Je n'existais pas plus que tu n'existais il y a cent ans. Pour moi, toute cette journée d'hier est du temps mort... Mais pour toi, Henriette, ce n'est que du temps passé et tu t'en souviens. Raconte-moi hier, raconte la journée. Comment vont les heures quand je n'existe pas ? Comment les jours s'ajustent-ils aux jours ? Rends-moi ce qui m'échappe, ce qui n'a pas de place dans ma demi-existence. Les journaux n'en disent presque rien. Ils ne savent pas... ils parlent d'hier pour des gens qui l'ont déjà vécu. Raconte...

— Ce matin, dit Henriette, je me suis levée à huit heures...

— Oui, mais avant... depuis le moment où j'ai cessé d'exister...

— Je ne peux pas dire comment tu as disparu... Tout à coup, je n'ai plus rien vu. Je sentais encore ta chaleur, la pression de tes mains, et déjà tu étais parti. Je n'ai pas eu peur, puisque j'étais prévenue, seulement une minute de surprise. Malgré moi, bêtement, j'ai levé la tête pour te chercher dans la chambre. Il y avait une mouche bleue qui volait autour de la lampe. Ne me gronde pas, mais j'ai failli me demander si ce n'était pas toi...

— Oh ! non, sûrement pas, dit Martin. Cette mouche bleue, je me rappelle l'avoir vue, moi aussi, quelques minutes avant minuit. Ah ! si j'étais mouche bleue, les jours où je disparais, je m'estimerais heureux.

Henriette se fut très vite habituée aux absences de Martin. Elle se voyait dans la situation d'une femme dont le mari est occupé au-dehors un jour sur deux. Au fond, Martin n'était pas trop à plaindre. Quand il n'existait pas, elle pouvait être sûre qu'il ne souffrait de rien. Tout compte fait, cela valait peut-être mieux que s'il avait été réellement occupé à des besognes fastidieuses ou éreintantes. D'ailleurs, Martin se sentait plus heureux depuis qu'il était en ménage. Il était moins obsédé par le désir de ressaisir le temps mort. A force d'entendre Henriette lui donner par le menu l'emploi de ses journées de veuvage, il finissait par se convaincre que tous les jours de la vie sont à peu près pareils et ne se différencient guère que par ce que chacun y apporte. Même, il se demandait parfois si le fait d'exister seulement un jour sur deux n'était pas un luxe, et il avait un peu l'illusion de choisir le meilleur temps de vivre.

Le temps lui paraissait couler plus rapidement que jamais et il ne songeait pas à s'en effrayer. L'amour et la présence d'Henriette avaient transformé sa vie. Il l'aimait tendrement et ne voulait pas que leur joie fût troublée par des regrets et des calculs inutiles.

— En un mois, disait-il, tu as trente jours de bonheur et moi, j'en ai quinze. Mais nous arrivons au bout du mois ensemble, c'est l'essentiel.

— Mais non, protestait Henriette, je n'ai pas trente jours de bonheur. Quand tu n'es pas là, je m'ennuie, j'ai même du chagrin.

Ce qu'elle en disait était un peu pour lui faire plaisir. La vérité est qu'elle supportait facilement les jours de solitude. Elle reprenait haleine, goûtait les plaisirs du recueillement et de la fidélité. Son amour avait un parfum de sagesse et d'amitié qui tendait à modérer la ferveur de Martin. Après deux ans d'union, il en résulta un désaccord qui resta longtemps secret, au moins pour lui, car Henriette avait assez de loisirs pour méditer sur l'étrangeté de leur situation. Elle n'éprouvait aucun remords et s'efforçait simplement à sauver les apparences. Ce n'était pas sa faute si le temps n'avait pas marché pour lui et pour elle à la même cadence. Son amour, qui durait depuis deux années pleines, n'avait ni la fraîcheur, ni l'élan que gardait celui de Martin, âgé d'une année seulement. Par ailleurs, les jours de veuvage favorisaient des réflexions, des jugements, des examens de conscience, bien faits pour tempérer une passion. Martin avait parfois le sentiment fugitif de ce décalage, mais le temps lui manquait pour l'approfondir.

Une nuit qu'il revenait à l'existence, il se trouva couché dans l'obscurité et acheva une phrase qu'il avait commencée la veille, à l'instant de disparaître. Comme Henriette semblait tarder à répondre, il avança la main à tâtons et découvrit qu'il était seul au lit. Il fit la lumière d'une main tremblante. Le réveille-matin marquait minuit et Henriette n'était pas dans la chambre. Il sentit tout à coup la profondeur de ce temps mort qu'il ne contrôlait pas et tout ce qu'il pouvait contenir d'événements. Un au-delà, proche et inaccessible, sur lequel il n'avait eu jusqu'alors que des renseignements, devenait une réalité presque sensible. L'absence d'Henriette qui lui semblait durer depuis deux minutes, plongeait dans cet autre monde, durait depuis des heures. Martin fut pris d'un vertige et faillit appeler à l'aide. Il se leva, fit le tour de la chambre, et s'étant assuré qu'elle n'avait pas emporté son bagage, vint se recoucher. Henriette rentra vers minuit un quart et dit avec un sourire tranquille :

— Mon chéri, je te demande pardon, mais je suis allée au cinéma et la séance a fini plus tard que je n'aurais pensé.

Martin n'osa répondre autrement que par un signe d'approbation, car il avait peur de se laisser emporter par la colère. Faire grief à Henriette d'être allée au cinéma l'eût amené à lui reprocher son existence normale. Elle devina qu'il était peiné, irrité, et lui prit la main entre les siennes. Martin fut agacé par ce geste affectueux, presque maternel. Il pensa qu'elle était honteuse, comme peuvent l'être les personnes bien portantes auprès des malades condamnés à l'immobilité. Henriette appuya son visage contre le sien. Sa joue et ses lèvres étaient fraîches de la course qu'elle venait de fournir dans la ville d'avant minuit.

— Tu m'en veux d'être allée au cinéma? dit-elle doucement. Je t'assure que si j'avais su rentrer aussi tard...

— Mais non, protesta Martin. Pourquoi t'en voudrais-je? tu as bien le droit d'aller au cinéma, j'imagine, et même partout où il te plaît. Ce que tu fais pendant que je n'existe pas ne regarde que toi. Je n'ai rien à y voir. En admettant que je sois au courant de tous tes faits et gestes, est-ce que je peux me permettre d'en juger sans avoir vécu moi-même ces journées-là? tu es libre d'agir à ta guise. Ta vie t'appartient, et ce n'est pas parce qu'elle se trouve de temps en temps coïncider avec la mienne...

— Pourquoi dis-tu de temps en temps? interrompit Henriette. Nos vies coïncident un jour sur deux.

— Oh! je sais bien, ce n'est pas de ta faute, conclut Martin en ricanant. Tu fais ce que tu peux.

Henriette lui lâcha la main et quitta le lit en hochant la tête avec une moue ennuyée. Tandis qu'elle ôtait ses vêtements, Martin feignait de s'endormir et l'examinait à la dérobée. Elle se déshabillait en silence, sans prendre garde qu'il pouvait l'observer ni même y songer. Il y avait dans ses attitudes, dans sa physionomie, quelque chose d'inhabituel et de lointain ; une langueur, une façon distraite et peut-être un regret, songeait Martin, comme si elle s'attardait au souvenir de cet autre monde qu'elle venait de quitter. C'est ainsi qu'elle devait se déshabiller les jours où il n'existait pas. Ses vêtements tombés, elle apparut dans une irritante nudité qui ne manquait certes pas de présence, mais qui semblait se mouvoir encore dans une clarté étrangère. Il était trop facile de lui imaginer un cortège. Martin n'y manqua pas et ne dormit guère cette nuit-là. Il écoutait la respiration paisible d'Henriette en songeant aux fantômes de la journée qui hantaient le sommeil de sa compagne.

Ce qui avait été accidentel devint une habitude et il arriva au moins une fois par semaine à Henriette de rentrer après minuit. Ces retards exaspéraient Martin, mais ne lui fournissaient que de maigres prétextes à se mettre en colère. Il faut bien qu'une femme aille un peu au cinéma, disait Henriette. Il rongeait son frein sans même avoir la consolation de rêver à des vengeances. Chaque minute de retard lui semblait une intrusion des heures mortes dans son existence déjà réduite. Il devint taciturne et le demeura jusqu'au jour où il s'avisa d'être jaloux. Les soupçons qu'il s'efforçait de repousser finirent par lui paraître raisonnables. Un homme qui n'existe qu'un jour sur deux, disait-il, est un cocu prédestiné et il faudrait à sa femme, pour lui rester fidèle, une vertu si sombre qu'on oserait à peine s'en féliciter. Cela n'empêchait pas Martin d'accabler la sienne de questions qui étaient autant de reproches.

— Allons, allons, protestait Henriette, voilà que tu te fais des idées.

Sa sérénité mettait Martin hors de lui. Il grinçait des dents, ricanait, sanglotait, l'étreignait passionnément et recommençait à lui poser les mêmes questions. Henriette trouvait qu'il était devenu bien insupportable, mais elle patientait en se disant qu'elle avait la paix au moins un jour sur deux et que son sort était encore enviable. Sa résolution de rester fidèle fut un peu ébranlée quand Martin lui démontra, qu'à moins d'être stupide, il était impossible qu'elle n'eût pas d'amant. Un jour qu'il n'existait pas, elle fit la rencontre d'un accordéoniste blond et sensible qui s'appelait Dédé. Avant même qu'il eût parlé, elle était décidée à faire preuve d'esprit.

— Tel que vous me voyez, lui dit Dédé, je cherche une affection. Pour celui qui n'a pas la chose de se faire des réflexions intimes, c'est bien simple, n'est-ce pas. Il n'a qu'à se contenter d'assouvir son idéal esthétique. Mais l'artiste ne peut pas. En amour, l'artiste voit plus loin que l'acte, et si vous me demandez pourquoi, je vous répondrai que c'est parce qu'il a besoin d'être compris et d'être estimé dans son art. Naturellement que toutes les femmes ne peuvent pas prétendre. C'est à nous de savoir distinguer. Mais pour vous, j'ai le droit et le devoir de vous le dire : vous rentrez dans ma conception de la femme.

Dédé avait une façon ravageuse de mettre son regard dans celui d'Henriette, qui emporta ses quelques hésitations. Martin n'en fut ni plus ni moins jaloux, et tous les jours qu'il existait, la même scène se reproduisait trois et quatre fois.

— Je sais que tu as un amant, disait-il. Jure-moi que tu n'as pas d'amant.

— Bien sûr, mon chéri, répondait Henriette. Je te le jure.

Un jour sur deux, Henriette retrouvait l'accordéoniste dans la chambre qu'il occupait rue Gabrielle. Elle l'aimait éperdument sans pourtant renoncer à l'amour de Martin. Dédé, qui avait l'orgueil légitime de sa qualité d'artiste, prétendait se soustraire au devoir de fidélité. Il disait qu'il était une abeille qui s'en allait butinant pour enrichir sa sensibilité d'accordéoniste. Henriette ne tarda pas à connaître les affres de la jalousie. Elle comprit mieux les souffrances de Martin et lui témoigna plus de compassion. Quand elle lui jurait un amour éternel, il y avait maintenant dans sa voix une chaleur émouvante.

Mais les femmes qui ont deux amours en tête ne sont presque jamais raisonnables. Sous le prétexte mensonger qu'il venait de recueillir sa vieille mère, en réalité pour défendre son droit de butiner librement, l'accordéoniste déclara un jour à Henriette qu'il ne pouvait plus la recevoir chez lui.

— Alors, c'est toi qui viendras chez moi, lui dit-elle.

Dédé se fit longtemps tirer l'oreille et finit par accepter. Un jour que Martin n'existait pas, il arriva rue Tholozé vers la fin de l'après-midi et dîna dans la chambre avec Henriette. Il était préoccupé par les paroles de rupture qu'il voulait prononcer à l'instant de son départ et son hôtesse ne l'était pas moins par ce qu'elle redoutait d'entendre, si bien que le réveille-matin s'arrêta sur dix heures un quart sans qu'aucun d'eux y fît attention. A minuit, lorsqu'il revint à l'existence dans son lit, Martin pensa rester muet de stupeur. Lui tournant le dos, il y avait au milieu de la chambre un homme en caleçon, qui parlait d'une voix grave, tandis qu'Henriette, la tête dans ses mains, écoutait en pleurant. Voilà ce que disait l'homme en caleçon :

— On n'échappe pas à la loi du destin, Henriette. Toi, tu n'étais pas faite pour me comprendre !

Martin n'en put entendre davantage et mit les deux amants à la porte. L'accordéoniste était si étonné par cette apparition que l'idée ne lui vint pas de réclamer ses vêtements. Martin les lui jeta par la fenêtre avec ceux d'Henriette et regagna son lit où il ne dormit guère.

Le lendemain, il essaya de reprendre les plis de sa vie de célibataire, et gagnant la rue Riquet, alla regarder le brouillard du matin s'étirer sur les plaines brunes du quartier de la Chapelle. Mais le temps lui parut long, et il crut n'arriver jamais à midi. Sa montre tournait lentement et rien de ce qu'il voyait ne l'intéressait. L'idée de déjeuner seul dans sa chambre lui fut insupportable et il entra dans un restaurant. Le repas, qui dura moins d'une demi-heure, lui semblait ne devoir jamais finir, au point qu'il fut pris de peur en pensant que le temps était en train de se ralentir.

Instruit par son expérience du matin, il passa l'après-midi au cinéma et acheta en sortant un roman policier, mais rien ne faisait contre l'ennui. Tous les jours de son existence se traînaient avec la même lenteur et il en vint à souhaiter de ne plus vivre qu'un jour par semaine et même un jour par mois.

Un soir qu'il cédait à la nostalgie du temps mort et rêvait de s'y réfugier à jamais, Martin essaya de réagir et décida de mener une vie aventureuse. En sortant de chez lui après l'heure du dîner, il donna un coup de poing dans la figure du premier venu.

L'homme s'éloigna vivement en se tamponnant le nez, et, du haut des marches de la rue Tholozé, l'injuria avec violence. Martin l'écouta un moment et, s'étant rendu compte que le temps ne passait pas plus vite, abandonna la partie. Il espéra trouver l'aventure au cinéma. Le hasard le plaça auprès d'une jeune femme dont il se mit à palper les genoux sans beaucoup d'entrain. Elle quitta du reste la salle en compagnie de son voisin de droite qui l'avait palpée le premier.

En sortant, Martin se promena sur le boulevard. Il était décidé à affronter aux regards de tous, l'instant de sa disparition. Soudain, il aperçut Henriette de l'autre côté de la chaussée. Elle était assise à la terrasse d'un café en compagnie d'un homme âgé. Martin, sans prendre garde aux voitures, traversa d'un mouvement irréfléchi. Un taxi, lancé à toute vitesse, n'eut pas le temps de freiner. Il n'y eut pas à proprement parler d'accident, Martin s'étant volatilisé à l'instant même où le capot de la voiture était sur lui, mais comme il ne devait jamais reparaître à Montmartre, il y a lieu de croire qu'il avait eu le temps de recevoir un choc mortel.

Henriette, qui avait reconnu le pauvre Martin, dit à son nouvel amant :

— Tiens, il est déjà minuit.

Le cocu nombreux

Le vagabond arriva au village un après-midi qu'il faisait grand vent. Les femmes avaient profité d'une semaine de beau temps pour faire leurs lessives, et les haies des jardins étaient toutes blanches des draps qui séchaient au soleil. Sur des cordes tendues entre les arbres fruitiers étaient épinglés des torchons, des chemises, des culottes, des caleçons, des paires de bas, qui claquaient ou se gonflaient au vent de la plaine. Le vagabond était las du long chemin qu'il avait parcouru, mais pas si pressé de trouver un gîte qu'il ne prît le temps d'examiner les maisons. Il avait envie d'un sourire de femme et d'une voix douce qui lui donnât le pain et la paille avec amitié. A la première maison du village, il distingua au premier coup d'œil, parmi le linge étendu, trois pantalons de femme, gonflés par le vent, et dont toute l'ampleur convenait à peine aux fesses d'un enfant malingre ; et à côté, deux chemises d'homme, fort courtes, aux bras démesurément longs, qui pendaient très bas. Il imagina un couple de paysans besogneux et prudents, orgueilleux de leur dur labeur, l'homme trapu, au visage sombre et fermé, l'épouse, maigre, craintive et hargneuse. A vrai dire, il ne les imaginait pas, il les voyait. Son expérience de vagabond les faisait surgir à ses yeux, l'un dans sa chemise, l'autre dans sa culotte, méfiants et ricaneurs. A la maison suivante, il vit tant de chemises d'homme qu'il pressa le pas, lui semblant qu'il vît autant d'hommes, alignés sur deux rangs de profondeur, monter la garde devant les moissons qu'ils avaient engrangées de leurs bras vigoureux. A la troisième, il s'arrêta devant trois pantalons de matrone et s'éloigna presque aussitôt, intimidé par des rondeurs dont un coup de vent révélait la superbe. Il marcha longtemps dans le village, il vit beaucoup de maisons, mais il n'y en avait pas une qui lui parût de bon accueil. Tantôt les pantalons étaient trop importants, tantôt trop avares, ou bien c'étaient les chemises des hommes qui le décourageaient d'entrer. Enfin, il vit une maison où l'on n'avait pas fait la lessive ; les haies ne portaient pas de toiles à blanchir ; nulle chemise, nul pantalon, ne flottait au vent. Il s'en alla heurter à la porte, hocha le ticlet, et ne recevant point de réponse, se décida à entrer, non sans hésitation. Aussitôt qu'il fut dans la cuisine, il se sentit rassuré. Un cocu était assis devant le foyer éteint, et tenait sa tête entre ses mains.

— Bonjour, cocu, dit le vagabond. Tu parais en bien grande peine.

— C'est vrai, dit le cocu, je suis un homme très malheureux. Ma femme est partie avec un amant, et j'ai perdu pour toujours le sommeil de mes nuits.

— Et comment la chose est-elle arrivée ?

— Eh bien ! voilà : je ne me doutais de rien quand, hier matin, ma femme est allée rincer son linge à la rivière. En rentrant à midi, j'ai même trouvé la table mise, mais il y avait un billet dans mon assiette : « Je pars pour toujours avec celui que j'adore. Léontine. »

— Est-ce que ta femme était belle ?

— Si elle était belle ? Ah ! je crois bien ! c'est la femme la plus belle du pays. Si tu la voyais une fois, tu ne l'oublierais plus.

Au souvenir de l'infidèle, le cocu poussa un rugissement de douleur et se reprit la tête entre les mains. Cependant, le vagabond allait au placard et se taillait une tranche de pain dans toute la largeur de la miche. Il découvrit un morceau de lard froid, un pot de confitures de groseille, et une bouteille de vin à peine entamée.

Ayant ainsi déjeuné, il se sentit bien mieux. Dans la poche d'un veston qui pendait à un clou, il prit la pipe du cocu, et s'asseyant en face du foyer, il se mit à fumer avec un air pensif. Il regrettait l'absence de la maîtresse de maison qui le privait d'un sourire et de la pleine satisfaction d'être accueilli en ami. C'est pourquoi il avait grande envie d'aider le cocu à retrouver Léontine. Comme il se préparait à poser quelques questions, un homme entra dans la cuisine ; il avait l'air accablé et ses paupières étaient gonflées et rougies par les larmes. Le cocu, sans même le regarder, céda son siège au nouveau venu qui se prit la tête entre les mains et soupira d'une voix déchirante :

— Dire que Léontine m'a trompé... qu'elle est partie avec un autre... je ne m'en remettrai pas, ma vie est brisée maintenant.

Cependant, le cocu avait meilleure mine. Il fit quelques pas dans la cuisine, comme pour se détendre, cueillit sa pipe entre les dents du vagabond, et après avoir tiré quelques bouffées, murmura à son tour :

— C'est pourtant vrai que ma vie est brisée... Quand je pense qu'avant-hier soir, pas plus tard, elle m'appelait encore son chéri...

— Oui, dit l'homme qui venait de s'asseoir, elle m'appelait son chéri... elle me disait qu'elle m'aimait comme au premier jour...

— Comment est-ce que j'aurais pu soupçonner que le lendemain elle partirait avec un autre!

— Elle était si caressante...

— Si douce...

— Si chaude...

— Si belle aussi...

Le vagabond était bien étonné d'avoir deux cocus au lieu d'un. Quoiqu'il eût beaucoup voyagé, et toujours à pied, il n'avait jamais vu deux hommes se partager de si bon accord les caresses d'une femme, et en parler ensemble avec tant de liberté. Choqué par ce sans-gêne, il les interrompit avec impatience, et demanda à celui qui fumait la pipe :

— Tu me disais tout à l'heure que Léontine était ta femme ?

— Oui, soupira le cocu à la pipe, c'est ma femme.

— Il y aura bientôt six ans que je l'ai épousée, ajouta le cocu qui venait de s'asseoir.

Le vagabond n'était pas loin de croire qu'on se moquait de lui.

— Est-ce que, par hasard, dit-il, ce serait l'habitude ici qu'une femme épouse deux hommes à la fois ?

Le cocu qui était assis à côté de lui le considéra d'un air surpris, presque scandalisé, et répondit sur un ton de reproche :

— Quelle drôle de question : Ma foi non, je n'ai jamais entendu dire qu'une femme ait épousé deux hommes à la fois !

— C'est même une supposition assez dégoûtante, déclara l'autre cocu.

Ayant ainsi manifesté sa réprobation, il s'en alla à l'autre bout de la cuisine et entreprit de remonter l'horloge qui était arrêtée. Le vagabond était dans une grande perplexité, à se demander s'il perdait la raison ou s'il était victime d'une plaisanterie, mais la douleur des cocus paraissait sincère et ni l'un ni l'autre n'étaient d'humeur à faire une farce. Celui qui était resté assis regardait fixement le nez de son sabot, et une grosse larme roulait sur sa joue. Son attitude était si douloureuse que le vagabond n'osa pas l'interroger. Il se leva discrètement et s'en alla auprès de l'autre cocu qui, la pipe aux dents, et dressé sur la pointe des pieds, remontait son horloge. Le vagabond, pressé de savoir le fin mot de l'affaire, lui dit à l'oreille, dans un chuchotement à peine perceptible :

— Je te le demande, réponds-moi franchement : c'est bien toi qui es l'époux de Léontine ?

L'homme avait les deux mains occupées, et sa pipe le gênait pour parler. Il se contenta de froncer les sourcils, mais de l'autre bout de la cuisine, une voix irritée répondit :

— Mais naturellement que c'est moi ! Je te l'ai déjà dit

plusieurs fois, je ne comprends pas pourquoi tu en doutes encore. Quel entêtement!

Effaré, le vagabond regagna sa place auprès de l'homme qui venait de lui répondre et, dans le désarroi où l'avait jeté l'incident, ne trouva plus de questions à poser. Son voisin s'était replongé dans sa sombre méditation, et il n'en sortit que pour lui demander, d'une voix distraite, s'il savait quelle heure il était. Le vagabond était encore si ému qu'il se sentait presque incapable d'articuler une parole. Il tira sa montre qui marquait quatre heures moins dix et la lui mit sous les yeux. Il put douter de s'être fait comprendre par son voisin, mais en tournant la tête, il vit l'autre cocu manœuvrer les aiguilles de l'horloge et les arrêter à quatre heures moins dix. Alors il commença de soupçonner la vérité et, après avoir échangé quelques propos avec ses hôtes, il finit par comprendre qu'il avait affaire à une même personne en deux corps. Le phénomène était singulier, mais n'avait rien d'effrayant. Même, il se sentait plein de pitié pour cet être lourd de tant de chair, et qui lui semblait si aisément vulnérable. Il lui parlait avec sollicitude, et sans perdre une occasion de contenter sa curiosité, il s'efforçait de le consoler par des paroles d'amitié.

— Léontine reviendra, disait-il. Les femmes se lassent plus vite d'un amant que d'un mari. As-tu déjà été cocu, auparavant?

— Non, c'est la première fois. D'ailleurs, la chose n'était jamais arrivée au village non plus. C'est pourquoi je suis si désemparé.

— Et n'as-tu aucun soupçon sur la retraite où Léontine peut se cacher?

Le cocu n'en avait pas le moindre soupçon et il n'y avait même pas songé sérieusement. A la façon de ses réponses, on le sentait si empêché par ses deux corps, qu'il était aussi incapable d'imaginer une aventure que de la vivre en réalité. Peut-être même se désespérait-il bien moins de la fugue de Léontine que d'une rupture d'habitudes dont la règle lui était indispensable. Tout en parlant, le vagabond essayait de saisir sur ces deux visages des différences d'expressions qui eussent révélé deux efforts distincts. Mais en dépit de leurs dissemblances absolues, c'était bien les mêmes pensées, les mêmes préoccupations, qu'ils exprimaient par des moyens différents. Au cours de la conversation, le vagabond avait à chaque instant conscience de sa supériorité sur ses deux interlocuteurs qui, de leur côté, lui répondaient avec difficulté. Comme s'il avait assez à faire à s'occuper de ses deux corps, le cocu ne manifestait aucune espèce de curiosité, ne prononçait jamais une parole qui trahît une préoccupation étrangère à ses habitudes. Il paraissait réduit à des limites étroites, formelles, quoique sa double apparence donnât à l'abord une impression plutôt contraire. Le vagabond était très curieux de faire la connaissance de Léontine, de savoir comment elle se comportait avec son époux, et si elle voyait en lui une ou deux personnes. Il lui sembla que la disparition de l'infidèle n'était pas un mystère insoluble et qu'avec un peu de réflexion il était possible de découvrir sa retraite.

— Voyons, tu me dis qu'hier matin, elle est partie rincer le linge à la rivière. La lessive devait être importante, et avec un pareil fardeau, elle n'a pu s'enfuir très loin d'ici.

Le cocu parut très frappé de cette observation. Ses deux visages reflétèrent une grande tension d'esprit.

— Dans quoi a-t-elle emporté le linge? demanda le vagabond.

— Elle l'avait mis dans deux paniers, répondit le cocu. La chose est même assez surprenante, maintenant que j'y réfléchis. D'habitude, quand elle rince la lessive, elle s'en va toujours à la rivière avec ses deux brouettes.

— Ah! alors, elle fait deux voyages?

— Non, elle ne fait qu'un voyage.

— Mais tu me dis qu'elle charge son linge sur deux brouettes. Elle ne les pousse pas les deux à la fois?

Le vagabond sentit que le cocu le considérait, de ses deux paires d'yeux, avec stupéfaction. Il comprit que quelque chose lui échappait encore, et sans insister sur ce point, il reprit le fil de ses recherches.

— En somme, il est probable que dans ces paniers, Léontine n'emportait rien d'autre que son linge personnel, de sorte que si elle n'a pas quitté le village, ses chemises et ses pantalons doivent finir de sécher devant la maison où elle se cache.

— C'est possible, murmura l'époux, et ses visages devinrent rêveurs. Il essayait d'imaginer Léontine dans une maison du voisinage, et son linge séchant sur un fil. Il parut y renoncer et ajouta d'une voix découragée : il y a tant de maisons...

— Sans doute, reprit le vagabond, mais peut-être saurais-tu reconnaître son linge si tu le voyais étendu dans la cour d'un voisin ?

L'homme n'en était pas très sûr, et le vagabond lui suggéra qu'il restait peut-être dans une armoire quelques chemises et pantalons oubliés par Léontine. L'un des cocus associés s'en alla faire des recherches dans la chambre à coucher, et celui qui était resté dans la cuisine dit avec satisfaction :

— Justement, elle a laissé son pantalon au pied du lit, là où elle l'avait retiré la veille. Je n'y avais pas pris garde.

Presque aussitôt, l'autre revint dans la cuisine. Il tenait deux pantalons qu'il déploya sur la table, et le vagabond vit tout de suite qu'ils étaient de tailles différentes. Pour l'ampleur et pour la longueur, l'un faisait au moins le double de l'autre.

— Mais les deux pièces n'appartiennent pas à Léontine, fit-il observer.

— Si, affirma l'époux, que la vue de ces objets intimes bouleversait visiblement. Oh ! si ! c'est bien à elle !

— Tu ne me feras pas croire qu'elle peut mettre ces deux pantalons-là. L'un est trop petit, ou bien l'autre est beaucoup trop grand.

— Elle est comme ça, dit le cocu, et il se moucha des quatre narines à la fois. Quand je l'ai épousée, elle n'avait que de petits pantalons comme celui-ci, et maintenant, il lui en faut aussi des grands.

— Alors, elle ne peut plus entrer dans les petits ?

— Mais bien sûr que si, puisqu'elle s'en sert encore!

Le vagabond considérait les deux pantalons avec de grands yeux, et il lui semblait bien que sa tête fût tout près d'éclater. Enfin, la vérité se fit jour dans son esprit, d'une manière soudaine. De même que son époux, Léontine était une seule personne en deux corps. L'explication était simple, et il s'étonnait qu'elle ne lui fût pas venue plus tôt. Il demeura un moment silencieux, essayant d'évaluer les conséquences de sa découverte, car il lui restait encore beaucoup à apprendre. Par exemple, fallait-il admettre que Léontine ne fît aucune différence entre les deux incarnations de son époux, et réciproquement, ou au contraire que l'ordre de leurs relations fût déterminé par un choix ou une habitude? Et d'autres problèmes se posaient, plus subtils, comme de savoir si un sentiment de jalousie était possible à l'intérieur même du ménage. Il essaya de questionner l'époux, mais en vain, et il finit par se rendre compte qu'ils ne parlaient pas le même langage aussitôt que la notion de personne était introduite dans la conversation. D'ailleurs, il croyait prudent de ne rien dire qui pût attirer l'attention sur la nature de son être. Après avoir noté soigneusement dans sa mémoire les particularités des deux pantalons, il décida l'époux à le suivre dans le village. Le cocu jugea bon de laisser l'un de ses deux corps à la cuisine, tandis que l'autre s'en irait à la recherche de Léontine. Mais, comme ils étaient déjà au milieu de la cour, le vagabond lui fit observer qu'ils n'auraient pas trop de trois bonnes paires d'yeux pour découvrir le linge de l'épouse. La réflexion lui parut judicieuse et il approuva d'un signe de tête; aussitôt le corps qui était resté dans la cuisine ouvrit la porte et vint les rejoindre.

Avant de s'éloigner, le vagabond examina plus attentivement qu'à son arrivée la demeure de son hôte. Il fut surpris de la propreté et de l'ordre qui y régnaient. Tout y apparaissait rangé au mieux des besoins des maîtres. Le jardin, à lui seul, témoignait sinon d'un souci de perfection, au moins d'une très grande habileté dans l'accomplissement du travail.

— Ne regarde pas de trop près, dit l'hôte. Depuis le départ de ma femme, j'ai tout laissé aller un peu en désordre. C'est compréhensible.

Le vagabond protesta que le jardin était très beau, et ils s'engagèrent dans le village. Après avoir marché quelques minutes, ils firent la rencontre de deux cantonniers qui travaillaient au bord du chemin, à quinze ou vingt mètres d'intervalle. Le premier était occupé à manger un casse-croûte de pain et de fromage. En passant devant lui, le cocu l'interpella amicalement :

— Bon appétit, Léonard ! Et à propos, comment va ta fille ?

L'homme avait la bouche pleine, il ne répondit que par un signe d'amitié. Lorsque les promeneurs passèrent devant le second cantonnier, celui-ci prononça en hochant la tête :

— Ma fille, elle ne va pas fort, vois-tu. Le médecin est venu hier soir et il dit que le troisième poumon est pris aussi. Ma femme se fait du souci.

Le vagabond, qui écoutait de toutes ses oreilles, allait de surprise en surprise. Il ne doutait plus qu'en cette étrange bourgade, chaque personne fût logée en deux corps, à l'exemple de Léontine et de son époux. Il éprouvait un peu d'angoisse à la pensée qu'il représentait une anomalie aux regards de la population. Heureusement, l'on pouvait supposer qu'il avait, lui aussi, un second corps dans quelque autre coin du village.

Cependant, il ne laissait pas de poursuivre son enquête en compagnie du cocu. Ils avaient déjà vu beaucoup de linge, mais rien encore n'était venu éveiller leurs soupçons. Pourtant, les recherches n'étaient pas aussi difficiles qu'il leur avait semblé tout d'abord. Nombre de maisons étaient à écarter sans examen, habitées par d'honnêtes ménages, ou par des veuves, ou par des vieillards très affaissés. Il n'y avait guère que les maisons des célibataires qui fussent vraiment suspectes. Au bout d'une heure de marche, il n'en resta plus qu'une demi-douzaine à examiner, à l'extrémité du village. Comme ils prenaient le chemin de s'y rendre, ils se rangèrent au bord du fossé pour laisser passer quatre personnes qui, bras dessus bras dessous, tenaient toute la largeur de la chaussée ; il y avait deux dames d'une cinquantaine d'années, encadrées par deux messieurs en jaquette et en chapeau melon. Le cocu salua en ôtant ses deux casquettes, d'un double geste, empressé et respectueux. L'un des messieurs toucha de la main son chapeau melon, tandis que l'une des dames inclinait légèrement la tête.

— C'est le notaire qui s'en va en promenade avec sa femme, murmura le cocu lorsqu'ils furent passés.

— Il ne doit pas avoir besoin de clerc, fit observer le vagabond.

— Il faut croire que si, puisqu'il en a quatre.

La réponse étonna le vagabond, car dans ce petit village, qui paraissait fort isolé, une étude de notaire devait être d'une importance assez médiocre. Il réfléchit que cette distribution d'une personne en deux corps, si elle facilitait l'exécution des besognes manuelles, ne devait pas être favorable aux travaux de l'esprit, exigeant un effort de discernement. En effet, le cocu était un homme de peu d'entendement.

Tandis qu'ils poursuivaient leur chemin, le vagabond reconnaissait au passage les dernières maisons du pays, dont il gardait un souvenir plus précis, parce qu'elles étaient les premières qu'il eût vues en arrivant. Il revit, séchant sur un fil, les trois pantalons à l'ampleur généreuse qui avaient attiré son attention quelques heures plus tôt, mais il ne s'y arrêta pas ; tout ce qui n'allait pas par deux lui paraissait maintenant négligeable. Il ne restait plus que deux maisons, et le cocu examina longuement celle où le vagabond avait vu claquer au vent tant de chemises d'hommes ; quoiqu'il n'y eût point de linge de femme à sécher, elle lui paraissait inquiétante. Il envoya l'un de ses corps frapper à la porte sous un prétexte assez maladroit, tandis que l'autre corps s'en allait jeter un coup d'œil par les fenêtres opposées à la façade. Mais les deux corps revinrent sans avoir rien découvert de suspect.

— A en juger par toutes les chemises qui sèchent, dit

le vagabond, cela fait bien des hommes dans une seule maison...

— Non, pas tellement : ils sont trois. D'ailleurs, il n'y a pas plus d'une quarantaine de chemises étendues.

Ils se rendirent à la dernière maison par acquit de conscience, car le célibataire qui l'occupait était âgé de quatre-vingts ans. Les trois pantalons de femme, étriqués, et les deux courtes chemises d'homme, qui avaient rebuté le vagabond à son arrivée, flottaient toujours sur le même fil, et il s'étonna de ce linge de femme chez un célibataire. En y réfléchissant, il s'étonna davantage de ce que les pantalons fussent en nombre impair. Il eut l'idée de faire un rapprochement entre ces pantalons-là, et les trois autres, aux volumes si importants, qui séchaient devant la maison toute proche.

— Dis-moi, cocu, est-ce que le propriétaire de cette maison-là n'est pas un parent de celui qui occupe la troisième maison là-bas ?

— C'est son grand-oncle, dit le cocu.

— Ah! ah! tout s'explique... Considère d'une part ces trois pantalons sans ampleur, et considère d'autre part ces trois culottes gonflées par le vent, qui semblent telles que trois tonneaux de santé... Ah! ah! tu as compris ?

Mais le cocu ne comprenait rien du tout. La rencontre des nombres impairs lui échappait, et lui eût-elle sauté aux yeux, il était parfaitement incapable d'en tirer la moindre conclusion. Il y avait là une opération de disjonction et de transfert qui le dépassait.

— Il faut croire que ta femme est plus avisée que toi, dit le vagabond.

Il prit alors l'un des pantalons étriqués, et, suivi du cocu dont la curiosité s'éveillait, s'en alla détacher l'un des trois tonneaux de santé. Alors, comme il disposait sur la haie le petit pantalon à côté du grand, le cocu rugit avec ses deux voix :

— C'est le pantalon de Léontine!

Au vacarme, l'amant de Léontine sortit de la maison, et, serrant ses deux corps coude à coude, parut disposé à défendre son seuil. Le cocu se rua des quatre pieds, il y eut une bataille, et quatre corps roulèrent dans la poussière. A son tour, l'épouse infidèle sortit de sa retraite. C'était pour un quart, une petite femme sèche, à la voix pointue, et pour les trois autres quarts, une gaillarde ventrue et fessue, aux bras énormes, à la voix de tonnerre. En moins d'une minute, elle eut séparé les combattants, et des pourparlers furent aussitôt engagés. La pécheresse ne fit aucune difficulté à réintégrer le domicile conjugal. De même que son époux et que son amant, elle était déjà déprimée par un changement d'habitudes, qui leur était également funeste à tous trois.

Sur le chemin du retour, Léontine donna quelques détails sur son aventure et le vagabond eut une déception. Ce n'était pas par un secret calcul qu'elle avait séparé les pantalons pour les faire sécher. Simplement, les plus grands ayant pris toute la place sur le fil, elle avait trouvé commode de mettre les autres à sécher dans la cour du grand-oncle. Le vagabond essaya de lui expliquer comment cette circonstance avait failli faire échouer les recherches, et comment il avait deviné le piège, mais elle n'y vit pas grand-chose.

— Je n'y comprends rien, dit-elle par sa voix de maigriotte.

— Tout ça, c'est des histoires! déclara-t-elle encore par sa voix d'ogresse.

Ce fut à cet instant-là qu'ils passèrent devant une petite maison basse, marquée d'une croix noire. Un homme qui, apparemment, ne disposait que d'un corps, était assis sur le seuil. Il dévisagea le vagabond avec une curiosité aiguë, mais plutôt bienveillante. Lorsqu'ils furent un peu plus loin, Léontine et son époux murmurèrent avec des rires de mépris :

— C'est le fou... c'est le fou...

— Un fou? demanda le vagabond. Et comment est-il devenu fou?

Les époux le regardèrent d'un air soupçonneux, dont il se sentit mal à l'aise. Il les vit se pousser du coude, tandis que l'une des bouches du cocu chuchotait à l'oreille de Léontine. Le couple marchait en se donnant le bras, dans l'ordre où marchaient tout à l'heure le notaire et sa femme. Ils barraient la route de leurs quatre corps, et le vagabond ne savait où trouver place. Il lui semblait que sa solitude, à côté de ce ménage, trahît son anomalie, et il en avait le cœur angoissé. En arrivant sur une petite place, il vit un rassemblement d'une vingtaine de personnes et songea : « Sont-ils vingt, ou sont-ils dix ou quinze ? » Sur son passage, il entendit un murmure qui lui parut hostile. Alors, il fit volte-face, et, par-dessus son épaule, dit au cocu et à Léontine :

— J'ai perdu mon mouchoir, je vais tâcher de le retrouver...

Il fila sans attendre la réponse et traversa le village en toute hâte. Comme il arrivait auprès de la maison basse, marquée d'une croix noire, le fou l'invita à entrer chez lui. Il hésita, s'assura que personne ne pouvait le voir, et se faufila dans la maison. Le fou ferma la porte derrière eux, et lui dit d'une voix mélancolique :

— Alors, vous aussi vous êtes un fou... Oh! je l'ai bien vu, allez, et du premier coup... Vous, du moins, vous l'êtes de naissance...

— Je ne comprends pas, dit le vagabond. Pourquoi dites-vous que je suis fou ?

— C'est ainsi que les gens de ce village désignent un homme qui vit dans un seul corps.

— Vous-même n'avez donc qu'un seul corps ? soupira le vagabond avec soulagement.

— Oui, mais j'en ai eu deux... autrefois... Il faut vous dire que mon cas est exceptionnel. D'habitude, quand une personne meurt, ses deux corps meurent en même temps. Il arrive aussi, très rarement, que l'un des deux corps survive à l'autre, parce qu'il a toujours été l'objet d'une préférence, et qu'il a joui d'un traitement de faveur. Ainsi, moi, je n'ai jamais consenti à mes deux corps. Je n'habitais pour ainsi dire que celui-ci, et l'autre s'en est trouvé si mal, le pauvre idiot, qu'il a fini par mourir il y aura tantôt vingt ans. J'étais alors assez détaché de lui pour qu'il ne m'entraînât pas dans la tombe. Mais tout cela n'a guère d'intérêt. Parlez-moi des vrais hommes, des hommes intelligents, comme vous et moi...

Mais le vagabond avait encore beaucoup de questions à poser. Le fou les écoutait avec impatience et semblait peu empressé d'y répondre.

— Oubliez ces mauvais souvenirs, dit-il. Vous dormirez cette nuit dans ma maison et vous partirez avant l'aube, car les créatures à un seul corps sont assez mal vues par ici... Surtout, ne manquez pas de reprendre le chemin par lequel vous êtes venu. La route opposée vous mènerait à d'autres villages pareils à celui-ci, et pires encore. Il en est où une même personne habite quatre, dix, vingt corps et davantage...

L'âme de Martin

Martin abattit sa femme et ses beaux-parents à coups de revolver et poussa un soupir. Tout s'était passé normalement, mieux même qu'il n'avait osé l'espérer. Les femmes, à raison d'une balle par tête, étaient tombées sans un cri, et n'avaient pas eu le temps de s'étonner. Seul, le vieux avait eu un geste de protestation, assez vif, puis s'était écroulé après quelques soubresauts sans conséquence, l'œil en sang et la boîte éclatée. Martin, avant de se faire justice d'une quatrième balle, s'accorda un moment de réflexion et considéra les trois corps affalés, mais malgré ses efforts, il ne put s'intéresser à ce spectacle de mort, ni à la valeur de son acte. Il n'éprouvait pas plus de remords que de satisfaction, et les raisons de son crime lui semblaient avoir perdu toute importance. Dans cette salle à manger aux meubles de chêne clair, il y avait trois personnes à l'uniforme de la mort, et lui-même qui était déjà très engagé. L'événement reculait dans un inaccessible lointain et, privé du relief et des ombres qu'il avait empruntés un moment aux habitudes de la vie, n'avait plus figure d'aventure. Sans doute, les gens du voisinage qui viendraient tout à l'heure l'apprécieraient-ils d'autre façon, mais pour Martin, qui participait déjà de l'éternité, il n'était plus qu'un point à peine remarquable de la trajectoire immense sur laquelle il se sentait glisser. C'était une petite affaire qui ne le concernait plus et ses compagnons de mort étaient presque anonymes.

Martin sentait son esprit devenir immobile, et un ennui parfait l'isolait dans une région froide et tranquille. Restait son corps, souple et chaud, où les organes continuaient de faire la chaîne avec leur régularité habituelle ; mais les ordres étaient donnés depuis quelques minutes et le corps, automatiquement, préparait le geste qui allait sanctionner le fait pour ainsi dire accompli. Martin s'assit sur une chaise, les deux fesses d'aplomb, le dos bien appuyé, sans hésitation, ni maladresse, puis, levant son bras pendant, arrondit le poignet à hauteur de sa tête. Le canon de l'arme souleva une mèche de cheveux qui barrait un côté du front et se fixa sur la tempe avec une inclinaison efficace. L'index appuya sur la détente qui fléchit après une résistance légère et tout à fait satisfaisante. Néanmoins, le coup ne partit pas, soit que l'arme fût enrayée, soit qu'il y eût dans la cartouche un défaut de fabrication. Le doigt n'y était pour rien et demeura étranger à l'accident, comme aussi bien le poignet, le bras, l'épaule et toutes les articulations qui avaient joué. Ayant fait leur office, ils se mirent au repos et l'arme tomba par terre. Martin se rendit compte que le coup n'était pas parti, mais le fait lui parut négligeable. Constatant qu'il était trop loin pour revenir en arrière, il acceptait, sans inquiétude, de n'avoir pas satisfait à toutes les formalités et jugeait qu'il était parfaitement mort.

En effet, il sentit son âme le quitter et l'arrachement lui causa une douleur assez vive, d'ailleurs impossible à situer précisément. Comme il était chrétien, il pensa que son âme allait en enfer. Tout d'abord il n'en ressentit aucune contrariété et, à vrai dire, il était devenu incapable d'un sentiment de pitié ou d'inquiétude. Mais en considérant les trois cadavres étendus à ses pieds, l'idée lui vint qu'il ne pouvait raisonnablement se désintéresser de son âme qui précédait en enfer le corps dont il conservait l'usage à titre provisoire. Au souvenir des souffrances qu'il avait endurées chez le dentiste la semaine précédente, il se mit à trembler pour sa guenille.

Un bruit de pas, de portes claquées et de voix inquiètes emplissait l'escalier de la maison et arriva jusqu'à la salle à manger. Martin songea aux juges, au supplice, à l'enfer et poussa une plainte animale. La peur le tira de son engourdissement, il ramassa son revolver, le rechargea et murmura en enjambant ses victimes : « Sales crapules. » C'était une façon de parler tout habituelle qui n'avait plus rien d'injurieux. Il traversa le vestibule et ouvrit la porte en serrant dans sa poche la crosse du revolver. Les voisins, qui s'étaient massés sur le palier, ne doutèrent pas d'être en présence du meurtrier, mais l'homme, attentif et muet, leur parut si menaçant qu'ils hésitèrent devant l'évidence. L'un d'eux demanda respectueusement à Martin s'il avait entendu des coups de feu et ce qu'il fallait en penser.

— Ne vous inquiétez pas, dit Martin, tout est en règle.

Il crut pouvoir profiter de l'étonnement silencieux des voisins pour s'échapper, mais comme il tournait le dos, l'autre prit de l'assurance et fit un pas derrière lui.

— Hé là! pas si vite! vous êtes bien pressé...

Martin se retourna, retira la main de sa poche et fit feu à bout portant. L'homme porta la main à son ventre et s'écroula en geignant. Les autres voisins s'effacèrent contre la muraille, le regard modeste et la gorge sèche. Ayant calculé qu'il ne lui restait plus assez de balles pour s'assurer de leur discrétion, Martin les fit entrer dans son appartement avec le moribond et les enferma à clef, après avoir soulevé son chapeau sans la moindre ironie.

Martin changea deux fois de métro et déjeuna dans un restaurant à prix fixe très fréquenté où il était assuré de passer inaperçu. D'ailleurs sa mise était correcte et sa physionomie ne trahissait aucun trouble. Tout en mangeant de bon appétit, il réfléchit aux moyens de sauver sa peau. Il eut bientôt arrêté un plan de fuite fort satisfaisant. Tout lui était facile et il comprenait combien son âme l'avait gêné dans ses entreprises passées. Maintenant qu'il en était séparé, le monde où il se mouvait par la pensée se simplifiait à l'extrême et il n'imaginait même plus la nature des obstacles qu'il y rencontrait naguère. Toutefois, il n'oubliait pas que son corps était promis aux tourments de l'enfer où son âme se trouvait déjà consignée. Une peur animale qui lui gâtait un peu le plaisir de bâfrer, lui tenaillait la chair. Il essayait de se défendre contre ces coups d'angoisse en s'assurant de l'ingéniosité de ses dispositions, mais il en venait toujours à conclure que dans vingt ou trente ans, en mettant les choses au mieux, il lui faudrait souffrir le supplice infernal. En mangeant une portion de camembert, il tenta de se représenter son âme dans la situation où il était appelé à la rejoindre, mais tous ses efforts ne parvenaient qu'à la lui offrir sous les traits d'une personne un peu frêle ayant quelque ressemblance avec sa femme. Pour la commodité de réfléchir, il se contenta de cette représentation imparfaite et finit par songer :

« Peut-être, tout de même, qu'elle sera restée en purgatoire... Ce serait déjà ça... »

Martin n'avait plus la faculté d'espérer, il envisagea cette idée sans exaltation. Mentalement, il s'efforça de dresser un état des responsabilités de son âme et d'établir une équation entre la faute et le châtiment. Mais la notion de responsabilité lui échappait à peu près complètement et il s'épuisait à recommencer ses calculs :

« Voyons, c'est pourtant bien simple. Elle a à répondre du meurtre de trois personnes, l'épouse et les beaux-parents... L'épouse trompait son mari avec la complicité des vieux... trompait son mari avec la complicité... trompait son mari... »

Martin mastiquait avec lenteur pour mieux concentrer sa pensée sur ce cas d'adultère, mais rien ne l'avertissait qu'il justifiât ou non la colère vengeresse du mari berné. Lassé de retourner le problème sans même obtenir un semblant de solution, il eut une seconde de faiblesse et, se tournant vers son voisin de table, ouvrit la bouche pour lui demander une appréciation. Il se retint à temps et eut une sueur froide à la pensée du péril où il s'engageait. Par prudence, il abrégea son repas et s'en alla à pied au musée du Louvre où il avait décidé de passer l'après-midi.

Martin passa au Louvre trois longues heures pendant lesquelles il ne cessa d'évaluer les chances de son âme. La peinture n'éveillait en lui aucun sentiment et sa seule satisfaction était de se dire qu'il était en ces lieux à l'abri des regards de la police. Il allait lentement dans les salles, accordant à chaque tableau un instant d'attention, sans se départir d'une parfaite indifférence. Pourtant, il s'arrêta plus longuement devant quelques sujets religieux pour se faire une opinion de l'indulgence du Christ ou de la Vierge, mais les visages les plus doux, les plus tendres, demeuraient pour lui aussi hermétiques que ceux des gardiens du musée. En passant devant une mise en croix, comme il épiait la physionomie d'un visiteur extasié sans pouvoir en traduire l'expression, il se hasarda à le pousser du coude et murmura :

— Alors, qu'est-ce que vous en dites ?

Le visiteur, bien qu'il fût un peu choqué, répondit avec conviction :

— Admirable... un chef-d'œuvre !

— Bien sûr, approuva Martin, un chef-d'œuvre...

La réponse le déconcertait, il s'éloigna en lui cherchant vainement une signification.

Lorsqu'il sortit du Louvre, le soir tombait, les rues commençaient à s'éclairer et il pleuvait à verse. Insensible à la mélancolie de l'heure, Martin chemina sous les arcades de la rue de Rivoli et finit par se réfugier dans un café de la place du Palais-Royal. À la table voisine de la sienne, il entendit deux hommes parler du crime sensationnel de la journée.

— Je reconnais qu'il est allé un peu fort, disait l'un, mais réfléchissez que ce Martin était la risée de tout le quartier. Sa femme le trompait au vu, au su et avec l'agrément des deux vieux. Imaginez un peu l'existence de ce pauvre type au milieu de cette perpétuelle conspiration contre lui. À la fin, ça vous ulcère un homme!

— Si vous voulez, mais il avait la ressource d'aller vivre ailleurs. Et puis, attendez... vous vous pressez de charger sa femme de tous les torts, mais qui sait si elle n'avait pas des excuses? C'était peut-être lui qui avait commencé...

— Alors, là, mon vieux, non! je vous arrête... Vous avez lu les témoignages des voisins... un bonhomme tranquille, rangé des voitures, timide devant sa concierge... Et puis, il n'y a qu'à voir la gueule du type... Il y a tout de même des physionomies qui ne trompent pas. Je mettrais ma main au feu qu'il était d'une conduite exemplaire!

A ces mots, Martin approuva d'un mouvement de tête énergique, mais qui passa inaperçu. Son défenseur poursuivit :

— Si cet idiot-là s'était contenté de massacrer sa femme, n'importe quel jury l'acquittait, vous m'entendez bien! Et après tout, si l'on admet un premier mouvement de colère...

— Je vous vois venir... vous allez l'acquitter aussi pour le meurtre des deux vieux...

— Pourquoi pas? Il faut être logique...

— Heureusement pour la justice, il a tué une quatrième personne qui n'avait rien à voir dans l'affaire...

Ce fut alors que Martin crut devoir intervenir dans le débat. Il le fit sans passion, simplement dominé par le souci de peser les responsabilités de son âme défunte. Écartant sa soucoupe, il se pencha et prononça d'une voix posée :

— Je vous demande pardon, mais la quatrième personne ne compte pas.

D'un même mouvement, les deux buveurs tournèrent la tête de son côté et l'affaire les intéressait si vivement qu'ils furent à peine surpris de l'intrusion de cet inconnu.

— Non, la quatrième ne compte pas, reprit Martin, puisque le meurtrier n'avait plus...

Il s'interrompit et les deux hommes se poussèrent du coude tandis que leurs regards se nuançaient d'une ironie bienveillante.

— Voulez-vous dire, demanda l'un deux, que le meurtrier n'avait plus sa tête à lui?

Martin parut hésiter, ses lèvres remuèrent sans proférer un son, et ses mains se crispèrent sur la table. Il comprenait tout à coup quelle imprudence il venait de commettre en s'adressant à des gens dont il ne parlait plus le langage. La peur lui courait sur la peau et l'étreignait comme un point de congestion. Il cherchait vainement un appui pour résister à cette vague de panique, et il faillit laisser passer la même plainte qui lui avait échappé le matin dans la chambre du crime. Surpris par son attitude et son mutisme soudain, ses interlocuteurs l'examinaient avec plus d'attention, cherchant son regard sous l'ombre du chapeau. Saisis par la même pensée, ils échangèrent un coup d'œil, et l'émotion les fit pâlir. Sans interrompre leur examen, ils cherchèrent à tâtons le journal du soir, plié entre leurs deux soucoupes et le déployèrent sur la table.

Sous un titre en lourdes capitales, Martin aperçut son portrait. Il fit un bond hors de son siège, fracassa une carafe, renversa deux chaises, et bousculant un garçon, courut droit à la porte. Traversant à grands pas la place du Palais-Royal, il disparut aux regards des consommateurs derrière une file de voitures et après avoir longtemps cheminé dans des rues mal éclairées, déboucha rue de Rivoli à la hauteur de la Samaritaine. Il était fatigué et d'autre part, il avait besoin d'un instant de calme et de repos pour réfléchir à sa situation. La reproduction de son portrait dans les journaux, qu'il n'avait pas prévue, l'obligeait à envisager une nouvelle ligne de conduite. Il décida de chercher un asile provisoire dans une église de quartier. Ayant enfoncé son chapeau jusqu'aux oreilles pour dissimuler aux passants le haut de son visage, il se remémorait le plaidoyer qu'il venait d'entendre en sa faveur.

« En somme, concluait-il, mon âme n'est pas en si mauvaise posture. C'est bien le moins que le Ciel lui soit aussi indulgent qu'un jury de cour d'assises. Si on lui inflige, pour l'exemple, cinquante ans de purgatoire, c'est tout le bout du monde! »

Martin s'assit au pied d'un pilier, dans la nef déserte et faiblement éclairée. La majesté des lieux, l'opulente solitude de la pénombre, le laissaient fort tranquille. Il ne ressentait aucun trouble et put ruminer son affaire tout à loisir. Ayant mis sur pied un nouveau projet de fuite, il tira sa montre et s'accorda encore trois quarts d'heure de repos. Ses regards furent attirés par un éventail de cierges qui éclairaient d'une lumière vive, dans l'un des bas-côtés, une chapelle dédiée à la Vierge. Trois vieilles femmes, vêtues de noir, les mains jointes et le col plongeant, étaient agenouillées devant l'autel. Les voyant prier, Martin alla s'agenouiller derrière elles. Sa mémoire fonctionnait parfaitement et il se rappelait sans effort les oraisons apprises autrefois. Mais il eut bientôt interrompu sa prière dont il reconnaissait la vanité. L'invocation retombait dans son gilet et il comprit qu'aussi bien, il pourrait brailler à la voûte n'importe quel refrain des rues sans profaner le sanctuaire. Avec curiosité, il considéra les trois vieilles qui avaient l'âme à la bouche et dont le moindre murmure devait être efficace.

« Moi aussi, j'ai été comme elles, pensa-t-il, et maintenant que me voilà sans âme, je ne suis même pas un pécheur, je ne compte pas, il n'y a personne pour m'entendre... Ah! si seulement j'étais un pauvre pécheur, je n'aurais pas à me faire de souci... »

Quittant la chapelle de la Vierge, il entreprit de faire le tour de l'église et s'enfonça dans une région d'ombre au fond de laquelle brillait une petite lumière. A la hauteur du maître autel, il atteignit le cierge solitaire qui éclairait un tronc en bois, fermé au cadenas, et portant l'inscription : « Pour les âmes du Purgatoire. » Martin sortit son portefeuille et glissa un billet de cent francs dans la fente. Sur le point de s'éloigner, il se ravisa et songea :

« A quoi me servira d'avoir mis cent francs dans ce tronc ? Cent francs ne sont rien quand il faut les partager entre des millions et des millions d'âmes. Pour la mienne, son châtiment n'en sera pas abrégé d'un dixième de seconde. Cet argent-là me serait sûrement plus profitable sur la terre. »

S'étant assuré que nul ne pouvait apercevoir son manège, il étudia rapidement la fermeture du tronc. Les deux pitons dans lesquels était engagé l'anneau du cadenas ne semblaient pas vissés profondément. En effet, Martin put en dévisser un sans difficulté. Après avoir raflé son billet de cent francs, le seul qui se trouvât au fond du tronc, il remit la fermeture en place et poursuivit sa promenade. Il songeait que pour tous les êtres ayant une âme, l'acte qu'il venait de commettre était un vol et une profanation :

« D'un côté, c'est quand même bien commode de n'avoir pas d'âme, et s'il n'y avait pas l'ennui de se demander comment ça finira... »

Il se promenait dans l'église comme au musée, le cœur pareillement vacant, l'esprit lucide et borné. Il s'attarda longtemps dans l'abside, immobile sur une chaise et fixant au fond de l'obscurité un vitrail dont la partie inférieure, en simple verre dépoli, se colorait de la clarté rougeâtre du dehors. Son corps se détendait, oubliant les terreurs de l'enfer et le problème de la nourriture. Dans cet état de béatitude bovine, Martin commençait à somnoler. L'univers se réduisait peu à peu au carré de vitrail qu'il apercevait entre ses paupières lourdes. Il songeait encore au danger de s'endormir dans cette église, sans pouvoir secouer sa torpeur, lorsqu'un bruit de porte fermée résonna longuement sous les voûtes et le remit sur pied. D'un coup, il revint à ses préoccupations, calculant ses chances sur la terre et dans le ciel. Au fond de l'abside, sous le vitrail, le pas d'un homme sonnait sur les dalles et Martin, s'étant approché, reconnut un prêtre qui sortait de la sacristie et se dirigeait rapidement vers l'une des nefs latérales. La rencontre lui parut venir à propos.

— Monsieur le curé, j'ai un renseignement à vous demander.

Surpris par cette apparition, le prêtre eut un mouvement de recul, puis fit signe qu'il était attentif.

— Monsieur le curé, pensez-vous qu'un meurtrier puisse compter sur la miséricorde divine ?

Le prêtre, dissimulant son saisissement, répondit dans un murmure qui semblait inviter Martin à la prudence :

— N'en doutez pas. La miséricorde de Dieu est infinie.

— C'est bien ce que je pensais...

Martin demeura un moment silencieux, hésitant à poser une question plus précise. A la réflexion, il crut sage de s'abstenir.

Le prêtre pensa qu'il attendait peut-être un encouragement et, lui touchant la main, lui dit d'une voix amicale :

— Vous étiez venu, sans doute, avec l'intention de vous confesser...

— Ma foi non, répondit Martin. Je n'ai rien à confesser.

Le prêtre, rassuré, eut un hochement de tête à peine désapprobateur. Il voyait dans cette réponse moins d'orgueil que de naïveté.

— Monsieur le curé, encore une question : est-ce que je peux vous charger de dire une messe pour une âme en purgatoire ? celle d'un nommé Martin...

Ce disant il tendait le billet de cent francs qu'il avait repris dans le tronc. Le marché conclu, il demanda encore :

— Votre messe lui vaudra une remise de combien sur son temps de purgatoire ?

— Nous n'avons pas le moyen de vous répondre, répondit le prêtre agacé par la tournure que prenait l'entretien. Nous nous contentons d'offrir une chance de salut. Le résultat est à la grâce de Dieu et selon les cas.

— J'entends bien, mais il doit y avoir un minimum de prévu, sans quoi les risques seraient trop grands...

Martin parlait tout haut, sans nul souci d'accorder sa voix au mystère de la pénombre, et le seul bruit de ses paroles, éclatant dans le silence de l'église, semblait une profanation. Songeant à ses ouailles qui attendaient l'heure de se confesser et ne pouvaient manquer d'entendre, le curé eut un mouvement d'impatience et interrompit sèchement :

— Eh bien, mettez six mois.

— Six mois pour une messe ? dites donc, mais alors, c'est intéressant...

Il s'absorba dans un calcul silencieux, et le prêtre, après un salut distant, crut pouvoir s'éloigner. Martin lui emboîta le pas et le saisit par une manche de sa soutane.

— Un moment, monsieur le curé... Voilà qui change toute la situation.

— Je suis pressé, les fidèles m'attendent à confesse...

— Une minute, le temps de vous commander d'autres messes.

Le prêtre ne pouvait plus se dérober et fit l'effort de paraître aimable. Martin sortit son portefeuille, le vida d'une liasse importante de billets de mille qui représentaient toutes ses économies.

— Tenez, dit-il, en voilà au moins pour cent ans. C'est largement.

Et sans entendre les protestations du curé, il gagna la rue par une porte latérale. Sa montre marquait six heures moins vingt, et, comme il avait marché beaucoup plus qu'à son habitude, il commençait d'avoir faim. « J'ai tout donné pour mon âme, il n'est pas question d'aller dîner », songea-t-il.

Au commissariat de police, un public nombreux se pressait devant la table des employés qui surveillaient l'heure à une pendule murale. Au hasard, Martin prit l'une des trois files et attendit son tour. Après une station de dix minutes, l'homme qui le précédait arriva devant l'employé de service et s'entendit répondre qu'il était trop tard. Il partit en s'excusant avec un sourire craintif. Martin prit sa place et tendit une pièce d'identité sans même obtenir un regard de l'employé. Un brigadier qui roulait une cigarette à quelques pas de là, lui jeta d'une voix hargneuse :

— On vous dit que l'heure est passée, vous ne comprenez pas ?

— Comme vous voudrez, dit Martin. Je repasserai demain.

L'autre fut impressionné par cet homme à la mise correcte, qui répondait sans timidité à un brigadier.

— Vous veniez pour quoi ?

— Je m'appelle Martin.

— Ça court les rues... Et alors ?

Martin pointa l'index vers son portrait qui figurait en première page du journal ouvert sur la table de l'employé.

— C'est moi, dit-il sans orgueil.

Le procès de Martin fut une déception pour le public. La cause était mauvaise et l'accusé ne fit rien pour faciliter la tâche de la défense. L'avocat n'eut même pas la ressource d'exploiter à fond l'infidélité de l'épouse, Martin ayant déclaré à l'instruction qu'il ne se souvenait pas d'avoir éprouvé un sentiment de jalousie ou de colère. L'accusation avait beau jeu et n'eut même pas besoin d'en abuser. L'indifférence parfaite avec laquelle Martin parlait de ses crimes édifia le jury dès l'ouverture des débats. Le seul mystère, et il ne fut pas éclairci, résidait dans les paroles que Martin avait prononcées au café dans l'après-midi du crime.

— Vous avez dit à vos deux voisins de table que la quatrième victime ne comptait pas. Qu'entendiez-vous par là ?

— Elle compte sans compter... Enfin, elle compte si vous voulez.

Ici, l'accusation plaça un morceau d'éloquence vengeresse pour la veuve de la quatrième victime. Le président poursuivit :

— Votre réponse paraît restrictive. Faut-il comprendre que vous vous défendez d'être entièrement responsable de ce meurtre ?

— C'est sans importance, déclara Martin, je ne vais pas chicaner là-dessus. Dieu reconnaîtra les vraies victimes.

Ces dernières paroles déclenchèrent une algarade entre la défense et l'accusation qui dénonçait « l'habileté d'une manœuvre sournoise destinée à faire planer un doute sur le point le moins contestable de l'affaire ». Ce maigre incident fut le seul du procès et les journalistes, faute de mieux, furent obligés d'en tirer une colonne. Martin fut condamné à mort à l'unanimité moins une voix, celle d'un juré qui se trouvait être un ami d'enfance de l'avocat.

L'aumônier qui visitait Martin dans sa cellule fut toujours bien accueilli, mais lorsqu'il offrait au condamné les secours de la religion, il se heurtait à un refus tranquille.

— Ne vous dérangez pas, disait Martin, mon affaire est réglée sur la terre comme au ciel.

L'aumônier ne désespérait pas de l'amener à la pénitence, car le criminel opposait à ses objurgations des paroles d'une humilité vraiment édifiante, affirmant qu'il n'était plus rien qu'une bête et qu'à lui offrir les sacrements, on risquait sans profit d'en compromettre la sainte majesté. Le prêtre ne pouvait se résigner à laisser passer la saison de semer en si bonne terre, mais l'extrême humilité de Martin se soutint jusqu'au bout. Le matin de l'exécution, comme l'aumônier le pressait encore et l'invitait à la communion, il lui répondit :

— Ce serait galvauder le bon Dieu. Montrez-vous un peu plus raisonnable.

Sur le lieu du supplice, alors que les valets de guillotine se saisissaient de sa personne, Martin, sentant l'étreindre le remords de son crime, comprit que son âme ne l'avait jamais quitté et qu'il s'était forgé un conte. Il poussa un cri affreux en reconnaissant une malice du diable toujours attentif à perdre un pauvre homme qui a tué sa famille.

Rue de l'Évangile

Il y avait à Paris, dans le quartier de la Chapelle, un pauvre Arabe du nom d'Abd el Martin et on l'appelait Abdel tout court, ou le Crouïa, ou l'Arbi, ou le Biquemuche, ou encore Bique à poux, parce qu'il avait, en effet, des poux.

Le quartier de la Chapelle, en sa partie nord, est resserré entre des murs nus dissimulant des usines, des gares de marchandises, des voies de chemins de fer, des gazomètres, des trains sales et des locomotives haut-le-pied. Les fumées des réseaux de l'Est et du Nord, se mêlant aux fumées d'usines, noircissent des immeubles conçus avec économie et les rues, peu passantes, ont un aspect de province flétrie, cernée par un désert de rouille et de charbon. C'est un paysage littéraire où les promeneurs d'une âme sensible, en écoutant les trains siffler dans une brume souillée, se surprennent à prier Dieu pour que la vie ne soit pas démesurément longue.

Rue des Roses, au fond d'un cul-de-sac séparant deux immeubles noirs et chassieux, Abdel habitait sur trois marches de pierre humide, qui descendaient à une porte murée et qu'abritait un auvent de bois pourri. Ceux des voisins qui rentraient tard dans la nuit poussaient parfois jusqu'au bout de la venelle et, à la lueur d'un briquet, le regardaient dormir sous la vieille capote militaire qui était son vêtement de jour et de nuit. Les plus inspirés le poussaient du pied en disant : « Arrouah arrouah, chouïa

chouïa », avec, peut-être, le sentiment fraternel de se mettre ainsi à sa portée. Il leur répondait par le petit cri rauque et aigu qui paraît être le fond de la langue arabe et ils partaient contents.

Le matin, au bruit des premières eaux sales giclant sur le pavé de l'impasse, il se levait, ôtait sa capote et la remettait. Sa toilette ainsi achevée, il s'en allait traîner la savate dans la rue des Roses. Les ménagères les plus matinales, qui couraient faire leur marché avant de partir pour l'usine, le regardaient avec dégoût et ne se gênaient guère de faire des réflexions cruelles. Ayant glané quelques déchets alimentaires à la surface des poubelles, il s'arrêtait longuement devant de *Café du Destin* et se distrayait à regarder les hommes déjeuner sur le zinc d'un café ou d'un bordeaux blanc. Les clients le montraient du menton et disaient entre eux : « Tiens, voilà le Crouïa », s'étonnant avec un peu d'humeur de ce qu'il fût encore en vie, alors que tant d'honnêtes gens, utiles à leur famille et à la République, rendaient journellement le dernier soupir. Parfois, M. Alceste, le patron du *Destin*, cognait à la vitre avec une pièce de monnaie, lui signifiant d'avoir à franchir le seuil. « Je vais vous faire marrer », annonçait-il aux consommateurs. Après avoir empli un bol de vinaigre, il montrait à Abdel une pièce de vingt sous et lui proposait le marché d'un clin d'œil. Abdel n'hésitait jamais et lampait le vinaigre d'un trait. « Un honnête homme en crèverait », faisait observer le patron quand chacun s'était exclamé, et il ajoutait presque toujours : « Pour la science, c'est curieux quand même. » Mme Alceste, la patronne, qui n'avait point de goût pour les curiosités scientifiques, ne voulait voir là qu'un gaspillage d'argent et de marchandise et se renfrognait derrière le zinc en haussant les épaules. C'était une personne jeune encore, courte et grasse, à la forte poitrine pointant très bas sous un corsage de soie vive. Une ombre de moustache noire donnait à sa figure bouffie un attrait de mystère ardent.

Quand il n'était pas invité à boire le vinaigre, Abdel

avait encore une chance d'être admis au *Destin*. A l'heure creuse où les ouvriers venaient de quitter son zinc, le patron, qui balayait le plancher de l'établissement, avait parfois le sentiment oppressant de la vanité des choses humaines et, regardant au-dehors, voyait le monde comme un trottoir aride sur lequel Abdel faisait une tache intéressante. Il ouvrait la porte et disait : « L'Arbi, amène tes poux. » Mme Alceste, assise au fond de la salle, haussait une fois de plus les épaules, sans pourtant lever le nez de sur son magazine de cinéma et rêvant qu'elle était Maë West ou, certains jours d'optimisme, Greta Garbo. Appuyé sur le manche de son balai, le patron regardait l'Arabe avaler un café tiède et se laissait aller à méditer tout haut :

— Pour celui qui veut bien réfléchir, disait-il, on est peu de chose. Je vois par exemple toi. Qu'est-ce que tu es ? de la pourriture. D'où tu deviens ? on n'en sait rien. A quoi tu sers ? J'en causais une fois au coiffeur et c'est bien ce qu'on disait ensemble, que jamais le gouvernement ne devrait tolérer une pareille vermine sur le territoire, à plus forte raison dans une ville comme Paris qui est le cœur de la France. Je ne suis pas contre l'étranger, au contraire, mais j'estime néanmoins qu'il y a des limites. Et d'abord, tu viendrais à disparaître, fusillé ou n'importe quoi, qui est-ce qui le saurait ? personne. Je dirais peut-être à Mme Alceste : « Tiens, on ne voit plus le Crouïa qui buvait du vinaigre. » Et puis c'est tout. Et dans quinze jours, je t'aurais sûrement oublié. C'est bien la preuve que tu es moins que rien. »

Pendant qu'on lui tenait ces propos, Abdel regardait la patronne avec des yeux tout brillants de passion et regrettait de ne pas pouvoir la violer, car étant doux et modeste, l'idée ne lui venait pas qu'il pût gagner rien par des mines et des boniments. La nuit, sur ses trois marches humides, il rêvait d'elle assez souvent, comme d'un oreiller voluptueux qui animait et attendrissait sa dure couche de pierre et il arrivait aux voisins les plus proches d'être surpris par la douceur d'une plainte. Mais ses rêves les plus heureux ne l'inclinaient pas à exiger davantage de la vie, et, dans l'instant même où il dévorait des yeux Mme Alceste, il n'attendait jamais qu'elle levât sur lui un regard brûlant. Simplement, il ressentait quelque jalousie des figures prestigieuses qu'il apercevait sur les pages des magazines de cinéma et qui lui semblaient isoler la patronne dans un monde encore plus distant que celui du *Destin.*

En quittant le café, Abdel gagnait la petite place Hébert où il faisait encore une halte importante. Fiché sur le trottoir, à la pointe de la rue des Roses, il regardait, par-delà le carrefour, un endroit souvent désert, la rue de l'Évangile qui fuyait entre deux hauts murs aveugles bordant, à droite, la tranchée des chemins de fer de l'Est et, à gauche, le vaste quartier des gazomètres dont les hauts et monstrueux caissons semblaient surplomber et écraser la chaussée. Cette longue voie encaissée, sans maisons, sans passants, Abdel la considérait avec appréhension et curiosité. Plusieurs fois déjà, il s'y était engagé, mais pris de panique et sentant le monde se retirer de lui, il avait dû tourner bride. A quelque cent mètres de la place Hébert, elle s'infléchissait un peu sur la droite et semblait se poursuivre sans fin entre ses deux murs unis et se perdre en elle-même. Dans la lumière grise et fumeuse du matin, elle apparaissait comme un chemin abstrait, comme le départ d'un infini maussade ou d'un couloir désolé menant à d'inaccessibles paradis. Pratiquement, il admettait qu'elle ne conduisait nulle part, mais lorsqu'il la contemplait depuis la place et qu'il en voyait déboucher un camion, il aurait voulu savoir parler pour arrêter le conducteur et lui demander : « D'où viens-tu ? »

Tout le jour, qu'il passait à errer dans le quartier, Abdel rêvait à la patronne du *Destin* et au désert de la rue de l'Évangile. Dans la matinée, au marché de la rue de la Guadeloupe, où il se tenait à l'affût des comestibles et des porte-monnaie, l'après-midi, sur les bancs du boulevard de la Chapelle et dans la lumière des vitrines où il frôlait les filles à deux thunes avec la sensation fatigante d'avoir pénétré dans un jardin défendu, les mêmes images revenaient le hanter, et le soir, à l'heure de s'endormir, il croyait voir encore la silhouette ramassée de Mme Alceste fondre dans les lointains d'une rue vide et dangereuse.

Un dimanche matin, tandis que son époux balayait le plancher du *Destin*, Mme Alceste lisait dans *Votre Cinéma* le scénario d'un film poignant. Le héros en était un beau garçon engagé dans la Légion étrangère et qui portait sur sa poitrine un tatouage romantique. Mal noté par son adjudant, il était au combat comme un lion et pour l'ordinaire, il avait dans les yeux une flamme nostalgique qui faisait rêver les personnes du sexe. L'épouse d'un grand savant, venu en Afrique étudier les mœurs des sauterelles, s'éprenait du simple soldat et ils s'aimaient dans les soirs parfumés. Pour finir, l'amant trouvait dans le bled une mort héroïque en sauvant la vie au grand savant et l'épouse montait sur la terrasse d'une maison mauresque pour chanter dans la nuit une romance déchirante. Le film avait pour titre *Mon Légionnaire*. Mme Alceste, les yeux humides, la poitrine brassée par l'amour et par l'héroïsme, n'entendit même pas son mari héler Abdel le Crouïa par l'entrebâillement de la porte. Elle mangeait des yeux la photographie du héros qui, hâve et loqueteux, mais nimbé de passion, se ruait au danger après une journée de marche et de soif dans le désert. En même temps, son cœur se serrait d'un peu de colère et de regret en pensant que le cafetier n'irait jamais en Afrique étudier les mœurs des sauterelles. Jeune encore et l'âme inassouvie, elle devait renoncer aux sables brûlants, aux amours débridées, aux remords cossus. Pourtant, elle sentait qu'aussi bien qu'une autre elle aurait pu embraser la chair d'un soldat du mystère et chanter sa mort en couplets émus.

Abdel buvait une tasse de café et le patron l'entretenait des différentes catégories qu'il eût imposées à l'espèce humaine si, au lieu d'être cafetier, il avait été Dieu. Son infinité ne le rendait du reste pas plus indulgent pour l'Arabe auquel il assignait sans discussion une place dans la dernière catégorie.

— Moi, Dieu, j'ai beau te connaître personnellement. Je sais trop ce que tu es pour hésiter seulement une minute...

Soudain, le patron s'interrompit et, le cou tendu, examina le misérable humain avec une attention nouvelle. De surprise indignée, il eut un haut-le-corps et puis s'écria :

— Dic donc, madame Alceste, tu as vu comment ce cochon-là te regarde? Tu as vu les yeux qu'il se permet?

Ces paroles, qui n'avaient pour lui pas plus de sens que les précédentes, ne réussirent pas à distraire Abdel de sa contemplation. Levant les yeux, Mme Alceste rencontra le regard fauve de l'Arabe et son cœur se mit à battre plus vite. Accoudé au zinc, dans sa vieille capote militaire, avec son visage brun et malpropre, il lui apparut comme un soldat brûlé par le soleil d'Afrique et portant aux plis de son uniforme souillé la misère glorieuse des combats. Elle retrouvait, surgie en réalité, la figure héroïque de *Votre Cinéma*, elle reconnaissait, au fond des yeux chauds, le désir mâle et sauvage qu'elle venait d'appeler tout bas.

— Vermine! criait le patron. Voilà comment il reconnaît les lois de l'hospitalité, lui! Et d'abord, lâche-moi cette tasse de café!

Au visage menaçant du cafetier et à l'accent de la voix, Abdel se sentit coupable et, posant la tasse, eut un regard vers la porte. Mme Alceste s'était dressée, toute pâle et comprimant sa poitrine à deux mains. Un sentiment persistant des réalités domestiques l'empêchait d'intervenir et de se rendre au mouvement de la passion. Son époux menaçait l'Arabe de son balai et l'aiguillait rudement vers la sortie.

— Je vais t'apprendre, moi; je vais te montrer le respect. Hors d'ici, dégoûtant! Que je ne te revoie plus au *Destin*!

Mme Alceste, oppressée, meurtrie, ne put se résoudre

à faire un geste. Lorsqu'elle vit, derrière la vitre du *Destin*, s'éloigner l'Arabe sur le trottoir de la rue des Roses, elle murmura enfin d'une voix blanche :

— Mon légionnaire...

Abdel, en cheminant vers la place Hébert, songeait au revirement du patron et comprenait mal ce qui lui était arrivé. Il avait la certitude de s'être comporté à l'égard des hôtes du *Destin* comme il faisait d'ordinaire. Le soupçon ne lui vint même pas que son insistance à regarder Mme Alceste eût pu rendre le cafetier ombrageux. Son désir d'une femme aussi lointaine lui semblait trop parfaitement vain pour émerger de sa bassesse et attirer l'attention des puissances du *Destin*. Et le trouble de Mme Alceste, même plus éloquent, lui eût échappé aussi bien. Du reste, il y avait à sa disgrâce une explication très simple, c'est qu'il avait cessé de plaire, et les raisons avaient moins d'importance que les conséquences. L'interdiction qui venait de lui être signifiée entraînait un bouleversement d'habitudes qu'Abdel entrevoyait avec un serrement de cœur. C'était la fin des longues stations devant l'établissement de M. Alceste et des cafés bus sur le zinc en regardant par-dessus sa tasse la silhouette moelleuse de la patronne. Durant les longues journées qu'il passait à tromper le temps, ses visites au *Destin* lui fournissaient la plupart de ses rêveries et, les rares fois où il se risquait à sonder l'avenir, c'était toujours en fonction des époux Alceste et de leur établissement qu'il se situait dans les lendemains.

En arrivant sur la place, il s'arrêta comme à l'ordinaire et se recueillit un moment. Il lui sembla que son existence venait de se vider tout d'un coup. Il ne se sentait aucun goût à flâner comme il faisait les autres jours.

Le quartier l'ennuyait. D'habitude, il s'y promenait un peu comme si tout y eût été dépendance du *Destin*. Quand il volait un fruit ou une boîte de conserve à un étalage, il se sentait encore protégé par la présence lointaine de M. Alceste.

Levant les yeux, il découvrit la perspective de la rue de l'Évangile, dont la nudité se perdait dans une brume salie par la fumée. Elle s'ouvrait comme un chemin de l'oubli. Il eut envie de s'y enfoncer et, tournant le dos pour toujours au quartier de la Chapelle, de partir à la découverte d'un monde nouveau. Il fit le tour de la place et s'arrêta à l'embouchure de la rue. Devant lui s'étendait un désert uni et silencieux, discipliné entre ses grands murs gris, et secret dans ses profondeurs. Derrière, il entendait un tendre bruit de vie, la rumeur d'un carrefour tranquille. Des hommes entraient en riant dans un café de la petite place et il crut sentir flotter une odeur de sciure et de vermouth. La douceur d'un regret le tenait immobile entre les deux trottoirs. Il se sentit trop lourd pour tenter l'inconnu. Un moment, il regarda la plaque bleue qui portait le nom de la rue, hésita encore et, rebroussant chemin, se dirigea vers le marché.

Il marchait vite, comme s'il eût été poursuivi par une tentation dangereuse, mais peu à peu, le retour aux préoccupations quotidiennes l'apaisa. En pénétrant sous la halle au marché, la chance le favorisa. Au premier coup d'œil, il aperçut une femme misérablement vêtue, portant un nouveau-né sur le bras. Pour la commodité de gifler un deuxième enfant qui marchait dans ses jupes en piaillant, elle posa son porte-monnaie et son filet à côté d'elle, sur une pile de caisses vides. Abdel était inaccessible au remords et s'en prenait de préférence aux miséreux, sachant d'expérience que les gens bien nourris ont des réactions dangereuses. Il mit la main sur le porte-monnaie, le glissa tranquillement dans une poche de sa capote et put gagner la sortie sans être inquiété. Au pas de promeneur, il descendit par la rue Pajol vers le boulevard de la Chapelle et chemin faisant, compta l'argent du porte-monnaie, qui faisait une dizaine de francs. Il n'avait ni faim ni soif, rien que l'envie de se reposer, d'échapper à son ennui. Après avoir erré un instant sur le boulevard, il entra dans un café de pauvre apparence. Une demi-douzaine de jeunes gens, habitués du dimanche, étaient assis autour d'une table et buvaient en parlant bicyclette. Embusquée derrière la vitre, une fille déjà d'âge, aux cheveux platinés, souriait aux passants. Elle souriait aussi aux jeunes gens du café, mais sans arrière-pensée de lucre, plutôt par une sorte d'empressement mondain et servile.

Le patron accueillit l'Arabe d'un dur regard. Un dimanche matin, l'entrée d'un individu aussi sordide faisait mauvais effet. Abdel n'osa pas s'asseoir et alla se planter devant le comptoir. Une servante lui demanda, d'une voix méfiante, ce qu'il voulait. Il montra son argent au creux de sa main et, aux questions qui lui étaient posées, ne sut répondre que par de courts éclats de voix, rauques et pointus. Le patron suivait le manège avec hostilité.

— C'est bon, sers-lui un café et qu'il débarrasse le plancher, dit-il à très haute voix pour bien faire entendre aux clients ce qu'une telle intrusion avait d'accidentel.

Et il ajouta :

— Vous parlez d'un merle!

La fille platinée se mit à rire en regardant les jeunes gens. Ils suspendirent leur conversation pour toiser l'Arabe. Leur curiosité n'était pas malveillante, mais la capote militaire les amusait. Abdel, inquiet des rires qu'il sentait prêts à fuser, songeait déjà au départ avant d'avoir bu son café. L'un des jeunes gens se leva, tourna autour de lui d'un air admiratif et dit en montrant la capote crasseuse et trouée :

— Quand ton petit complet sera un peu usé, tu seras gentil de me le refiler, hein?

Ce fut un grand éclat de rire. La fille platinée quitta son poste d'observation et vint au comptoir avec l'intention de demander à Abdel l'adresse de son tailleur. Dans le bruit des rires et des réflexions, elle ne put placer sa question utilement et en fut déjà mortifiée. Comme il se dirigeait vers la porte, elle tenta de lui couper la retraite dans l'espoir de rattraper son effet. Il essaya de l'éviter et, sans l'avoir voulu, la bouscula et lui marcha sur les pieds. Furieuse, elle se prit à l'injurier, l'appelant fumier, voleur, sans un et charogne malade. Elle sortit même derrière lui pour mieux l'accabler et, plantée sur le milieu du trottoir, cria entre autres choses qu'il était pouilleux et vénérien. Les passants s'arrêtaient pour mieux voir l'homme qui avait mérité d'aussi cruelles vérités. Ce qui toucha Abdel beaucoup plus que les injures dont il ne percevait que l'intention, ce fut de découvrir deux Arabes parmi les gens ainsi arrêtés. Ces Arabes, décemment vêtus, presque élégants, accompagnaient deux femmes du quartier, qui étaient sans doute leurs épouses, car l'une d'elles tenait par la main une petite fille au teint bistre, aux cheveux crépus. Ils le regardaient avec une réprobation muette et digne et il y avait dans leurs yeux moins d'ironie que de dureté. Abdel sentit un regret cuisant d'avoir hésité au seuil de la rue de l'Évangile et ne pensa plus qu'à sortir d'un monde décidément ennemi.

Il avait déjà marché deux cents mètres dans la rue de l'Évangile et passé le tournant, de sorte qu'il ne voyait plus les hauts gazomètres qui, de loin, semblaient dominer la perspective. La rue était strictement réduite à ses deux murs et se perdait dans la brume. Jamais, au cours de ses précédentes tentatives, il n'avait été aussi avant. Encore, lorsqu'il s'aventurait ainsi les jours de semaine, rencontrait-il des camions et avait-il le réconfort d'une présence, pour aussi furtive qu'elle fût. Le dimanche, la rue était morte, sans une âme. Elle n'empruntait rien de la vie des hommes et ce qu'elle avait de solide, de construit, les murs et la chaussée, était si purement géométrique que toute référence humaine en était absente. Abdel entendait parfois le sifflet d'une locomotive, triste comme un cri d'oiseau dans les champs d'automne. A chaque pas, il sentait la ville et le monde entier se retirer de lui. Le quartier de la Chapelle n'était plus dans sa conscience qu'un point vacillant. Ses souvenirs s'effritaient, s'effaçaient, des pans d'ombre recouvraient déjà des parties de son plus proche passé. Il voulut penser au but vers lequel il s'avançait mais il manquait de moyens pour l'imaginer, même confusément. Ses points d'appui devenaient de plus en plus rares. Le nom même de la rue, qu'il n'avait jamais pu déchiffrer sur la plaque bleue, lui était inconnu. Il lui semblait n'être nulle part et flotter sur le vide. Un vertige le gagna. Il leva les yeux vers le ciel pour échapper à l'étreinte des murs, mais le ciel était bas et pesait comme un couvercle.

Abdel s'arrêta au milieu de la chaussée et regarda un moment ses pieds et sa capote pour reprendre conscience de lui-même. La vue de ses pieds lui fit du bien. L'un de ses orteils passait par une déchirure du soulier et il s'amusa à le faire remuer. Ce fut comme une tendre rencontre. Il reconnaissait la douceur de la vie dans le libre mouvement de cet orteil noirci par la boue. Une minute, sa mémoire s'entrouvrit. Le jeu lui rappelait certains cauchemars de ses nuits, assez semblables à celui qu'il vivait maintenant : son rêve l'emportait dans la solitude d'un chaos inhumain, des montagnes informes le pressaient de toutes parts et, s'éveillant alors brusquement, le contact dur et poisseux de ses trois marches de pierre lui était une joie ineffable, comme si le bonheur eût commencé dès les premières frontières de la vie et que tous les hasards du monde ne dussent y ajouter ou en retrancher que des valeurs de détail.

Abdel se lassa enfin de ses doigts de pied et revint à son inquiétude. Il était sans courage, la tête engourdie, les jambes molles. Avant de se remettre en marche, il jeta un coup d'œil par-dessus son épaule et s'aperçut que le brouillard avait fermé la rue derrière lui. Hésitant s'il reviendrait sur ses pas ou s'il poursuivrait, il fit demi-tour plusieurs fois et finit par perdre la direction. Dans l'un ou l'autre sens, la rue pareillement encaissée entre ses deux hauts murs, donnait sur un fond de brouillard. Angoissé et maintenant décidé au retour, il regardait à droite et à gauche sans oser parier pour une direction. Enfin, affectant de s'être fait une certitude, il prit par la droite et se hâta. Bientôt, il douta d'avoir bien choisi et revint sur ses pas en courant. Pendant plusieurs minutes, il fit ainsi le va-et-vient, toujours courant, toujours tremblant de s'enfoncer dans l'inconnu. La fatigue et la crainte de s'égarer davantage l'arrêtèrent. Il s'inquiéta de savoir depuis combien de temps il errait ainsi dans la rue de l'Évangile et ne put s'en faire une idée. La notion du temps lui échappait aussi et il eut peur d'être oublié là par la vie. La mort lui apparut à l'image d'une hésitation éternelle et aveugle entre deux directions. Il se mit à examiner les murs, cherchant un signe humain où fixer son esprit. Soucieux de ne pas trop s'éloigner, il allait lentement, tel un prisonnier explorant sa prison. Comme il traversait la rue pour étudier l'autre mur, il eut une émotion violente. Devant lui, tracée d'une main soignée, sur le crépi, en larges capitales, s'étalait une inscription au charbon : « Casimir au poteau ! » Abdel ne savait pas lire, mais le sens des mots n'eût rien ajouté à son bonheur. Le message, indéchiffrable, n'en était pas moins un message du monde vivant. Il n'en pouvait détacher son regard. L'univers se reformait derrière les hautes lettres noires. A travers Casimir, il apercevait le quartier de la Chapelle, ses rues grises et fanées, son marché provincial, ses boutiques maussades, ses cafés humides. Le *Destin* prenait un relief singulier et la mystérieuse figure de Mme Alceste venait rêver dans l'encadrement d'une majuscule. Des souvenirs plus anciens renaissaient peu à peu, des pays de soleil, des parents, des troupeaux, des labours, des villes colorées, des villes noires, une prison, des amis oubliés.

Un moment rassuré par ces évocations, il espéra découvrir d'autres inscriptions d'une éloquence plus précise et qui lui permît de s'orienter, mais il effectua ses recherches sans méthode, en sorte qu'il eut bientôt perdu de vue les trois mots tracés au charbon. Effrayé de ne plus les retrouver, il se mit à tourner en rond, puis à courir de côté et d'autre. Enfin, le hasard le remit en face des grandes lettres noires et il ne les quitta plus. Accroupi au pied du mur, il interrogeait la formule. A force de les contempler, chaque groupe de lettres prenait pour lui une physionomie. Mais le mot Casimir lui plaisait plus que les autres ; un charme léger naissait de l'association de ses caractères hermétiques et engourdissait son inquiétude.

Un bruit de moteur encore lointain le fit sursauter. Comme il se levait, une auto déboucha du brouillard sur sa droite. Elle roulait à une allure rapide. Abdel descendit du trottoir et se mit à crier et à gesticuler. Craignant d'écraser un dément ou pensant qu'on voulait l'avertir de quelque danger, le conducteur ralentit, s'arrêta à quelques mètres et interrogea d'un signe de tête. Le mouvement d'Abdel avait été tout spontané. Il n'avait eu le temps de rien prévoir et, de toute façon, la conversation eût été difficile. Dans son désarroi, il montra l'inscription. Apparemment blasé sur ce genre de message, le chauffeur haussa les épaules et se remit en marche. Une seconde, Abdel en resta saisi, puis se mit à courir en criant derrière la voiture, avec le sentiment confus qu'il trouverait le salut en se maintenant dans son sillage.

Sur une vingtaine de mètres, il réussit presque à garder le contact. L'auto prenant de la vitesse, il força l'allure. La distance qui les séparait augmentait rapidement. Bientôt, la voiture eut disparu dans la brume, mais Abdel ne ralentit pas son effort. Il entendait encore le ronflement du moteur, presque aussi rassurant qu'une présence visible. Tête basse, les dents serrées, il courait sans rien voir, tendu vers un but qu'il n'imaginait même pas. A bout de souffle, il finit par s'arrêter. Une rumeur nombreuse emplissait ses oreilles. Il crut découvrir devant lui une grande ville inconnue et se retrouva sur la petite place Hébert. Deux femmes, qu'il avait remarquées déjà en passant, bavardaient encore à la porte d'un hôtel meublé. Son voyage dans la rue de l'Évangile avait duré un peu moins d'un quart d'heure.

Le soir, rue des Roses, au fond de l'impasse, Abdel retrouva ses trois marches de pierre avec un sentiment de tendresse et de gratitude. A faire l'inventaire de son bonheur, il tarda même à s'endormir. Dans les premiers instants du sommeil, il lui sembla percevoir un bruit de pas léger, qui se rapprocha. Quelqu'un descendit une marche et buta du pied contre son genou. Il se dressa sur un coude. Dans l'impasse, la nuit était épaisse et plus noire encore au creux de son logis. Une forme féminine, souple et pleine, se pencha sur lui. Des mains fiévreuses, que l'impatience rendait maladroites, déboutonnèrent sa capote. Il n'osait bouger. La femme se colla contre son corps, coula une main dans sa chemise et, appuyant sa bouche à son oreille, lui dit à voix basse : « Mon légionnaire. Mon légionnaire. » Plusieurs fois, elle répéta ainsi avec une sorte d'élan têtu, comme on plante un clou : « Mon légionnaire. » Abdel retenait son souffle pour accueillir ce murmure ardent. Toute la douceur de sa ville retrouvée descendait ce soir sur sa couche de pierre.

Une demi-heure plus tard, la femme se levait, soupirant d'une voix plus alanguie les mêmes paroles mystérieuses. L'Arabe essaya de distinguer la silhouette qui s'éloignait d'un pas vif sur le pavé de l'impasse, mais la nuit était obscure. Il se recoucha et s'endormit aussitôt d'un sommeil profond.

Le lendemain matin, au réveil, recroquevillé dans sa capote, il songea longtemps à la visiteuse. Ne connaissant point d'autre femme que Mme Alceste, ce fut à elle qu'il pensa d'abord. Il jugeait absurde l'idée qu'elle fût venue jusqu'à lui, mais il trouvait à la fois agréable et commode de prêter à son inconnue l'apparence d'une femme qu'il avait désirée. En quittant l'impasse, il évita de passer devant le *Destin*, un peu à cause de sa brouille avec M. Alceste et surtout dans la crainte d'effaroucher un hasard. Le souvenir de la nuit suffit à ses rêveries de la journée. A travers les rues du quartier de la Chapelle, il poursuivait avec une inquiétude heureuse le visage de l'amour et le retrouvait sans peine sous les traits de Mme Alceste. A la tombée du soir, il ressentit plus vivement la crainte que l'amoureuse ne revînt pas.

Il gagna sa retraite vers neuf heures comme à l'ordinaire. L'idée lui vint d'aller guetter au bout de l'impasse, mais un sentiment obscur des égards qu'on doit aux apparitions l'empêcha d'en rien faire. Ponctuelle, l'inconnue arriva vers dix heures moins le quart. Elle apportait une couverture qu'elle étendit sur la pierre et qu'elle remporta du reste en s'en allant. Leur étreinte fut ce qu'elle avait été la veille et Abdel s'endormit encore ce soir-là sans avoir vu le visage de celle qui l'aimait. D'ailleurs, il ne cherchait plus à le surprendre, préférant décidément l'imaginer sous les traits de Mme Alceste.

Le troisième soir, l'inconnue fut exacte, mais elle eut des façons plus brèves et montra de la nervosité. Elle ne collait plus ses lèvres à l'oreille de l'Arabe pour l'appeler « Mon légionnaire », et s'en tenait à des paroles impératives, des injonctions sèches. Il en eut de l'inquiétude et craignit pour l'avenir. Le lendemain, il s'éveilla un peu plus tard qu'à l'ordinaire. En sortant de l'impasse, il aperçut M. Alceste qui rêvait, le balai à la main, sur le seuil du *Destin*, et il s'éloigna dans la direction opposée.

Le patron avait reconnu l'Arabe. Il le suivit des yeux un instant, cracha vers le milieu de la rue et rentra dans son café. Mme Alceste lisait le dernier numéro de *Votre Cinéma* et des ondes de sang lui venaient aux joues à mesure qu'elle avançait dans sa lecture. Le scénario du film qui l'occupait maintenant se déroulait dans le meilleur monde. Le fils d'un grand industriel jouait au tennis avec une orpheline d'excellente famille. Ils se mariaient à Saint-Philippe-du-Roule après des péripéties honnêtes qui mettaient en valeur la délicatesse de leurs cœurs et l'élégance de leurs vêtements.

Derrière son zinc, M. Alceste déplaçait des bouteilles pour essuyer un rayon. Il interrompit sa besogne, posa son torchon et se gratta la tête à deux mains. Jetant alors un coup d'œil vers sa femme, il fit observer :

— Tiens, tu te grattes aussi ?

Mme Alceste, la main suspendue à hauteur du chef, leva le nez de son journal, rougit violemment et répondit :

— Mais oui, je me gratte. Je n'y comprends rien...

— Moi, dit le cafetier, voilà deux jours que la tête me pique et, ce matin, je suis comme dévoré. Tout à l'heure je n'ai pas pu t'en parler, mais pendant que je servais les clients, j'ai vu un pou sur le zinc. Heureusement, personne que moi n'a pu voir, mais quand j'y pense...

Une minute, les époux se grattèrent librement, toute gêne abolie.

— Tout de suite, reprit le patron, je regardais l'Arabe déambuler dans sa capote. Je me demande si ce n'est pas lui qui nous aurait amené...

— J'allais te le dire, fit Mme Alceste.

— Dimanche matin, il est venu au café, tu te rappelles ! J'avais eu la bêtise de l'appeler.

— Ah ! j'avais bien raison de ne pas vouloir qu'il entre ici. Tu vois, maintenant.

— Bien sûr, convint le patron, mais je croyais toujours avoir pris assez de précautions. La vérité, aussi, c'est que jamais le gouvernement ne devrait tolérer des individus pareils dans le quartier. Je l'ai dit souvent et je le répète.

— C'est vrai, fit Mme Alceste, on n'est pas protégé.

Ils recommencèrent à se gratter. Sur la page de *Votre Cinéma*, le regard de la patronne caressa la svelte silhouette d'un jeune homme en habit. Relevant la tête, elle dit à son époux :

— Et pourquoi est-ce que tu n'en parlerais pas à M. Ernest ?

— Tiens, au fait... je vais tâcher de le voir cette après-midi.

Les deux inspecteurs entrèrent dans l'impasse à la première heure du matin. L'un était un jeune homme

portant le chapeau mou sur l'oreille et un imperméable dont il nouait la ceinture avec une coquette négligence. L'autre, M. Ernest, était d'une tournure plus classique. Trapu, moustachu, avec des épaules de tueur et d'énormes mollets qui imprimaient aux jambes du pantalon une forte courbure, il portait le chapeau melon et le pardessus noir d'une coupe ministérielle.

Abdel, qui avait passé une mauvaise nuit à attendre vainement son inconnue, sommeillait encore sur ses trois marches de pierre. M. Ernest projeta sur lui la lumière d'une lampe de poche et, en connaisseur, contempla un moment ce tas de loques.

— Incroyable, dit-il à son compagnon. Quand je raconterai ça à Pondeur, il ne voudra pas croire.

Il toucha du pied l'épaule du dormeur et lui cria de se lever. Abdel prit à peine le temps de s'étirer et sortit de son trou. Malgré la pénombre qui ne permettait guère de distinguer les visages, il comprit tout de suite à qui il avait affaire. M. Ernest l'examina soigneusement à la lampe et conclut avec dédain :

— Du déchet... de la râclure de biquemuche... ce serait plutôt du travail pour la fourrière que pour nous.

Comme Abdel, en manière de protestation, faisait entendre des sons aigus, il dit en le poussant d'un doigt dégoûté :

— Ta bouche, mignon. Tu t'expliqueras tout à l'heure au quart.

Déjà résigné, Abdel emboîta le pas au plus jeune des deux inspecteurs. En sortant de l'impasse, il jeta un coup d'œil dans la direction du *Destin*. Les patrons du café étaient sur le seuil de la porte. Le cafetier le regardait avec un air de sympathie à peine ironique. Mme Alceste avait un visage dur et austère.

La tête basse, les paupières encore lourdes, l'Arabe cheminait entre ses deux gardiens sans prêter attention au paysage familier de la rue des Roses. Il ne ressentait qu'une vague anxiété de ses ennuis du moment et qui se confondait avec sa peine de la nuit et la fatigue de l'insomnie. Les policiers s'entretenaient tranquillement de leur métier et de leurs collègues et l'oubliaient un peu. Embarquer un vagabond était une petite besogne du courant, qui n'offrait pour eux aucun intérêt.

A cette heure matinale, la rue de l'Évangile était encore déserte et silencieuse. Les camions n'y passaient pas. En arrivant sur la place Hébert, Abdel regarda de ce côté-là, d'un mouvement machinal. Une traînée de brume collait au pavé et traçait un chemin moelleux entre les deux murs gris et nets. Au tournant, les hauts gazomètres, pareils à des forteresses géantes et cuirassées, semblaient veiller sur le silence. Abdel fit un pas en arrière et prit sa course à travers la place. Il avait la certitude qu'une fois engagé dans la rue de l'Évangile, abrité de la ville et du monde, nul ne pourrait le rejoindre jamais. A quelques mètres du but, les policiers le ressaisirent. Il n'y eut pas de lutte. Abdel s'abandonnait sans résistance. M. Ernest grogna en le menaçant du revers de sa grosse main poilue :

— Ça va une fois, hein ?

Deux employés de la voie, qui se dirigeaient vers la rue des Roses, passèrent devant le groupe et l'un d'eux, riant, dit à l'autre :

— Tiens, voilà le Crouïa qui part en vacances.

A l'entrée de la rue Pajol, Abdel, jetant un dernier regard en arrière, eut un mouvement des épaules et parut avoir encore une velléité de fuite. Avec une agilité qu'on n'eût pas attendue de son âge et de sa corpulence, M. Ernest le botta au revers de la capote, d'une double détente, sûre et puissante, qui lui tira un gémissement. Sur le trottoir, une vieille femme qui promenait son chien, eut un geste de pitié et de protestation.

— Avec ces animaux-là, lui dit l'inspecteur, il faut ça. Ils ne comprennent rien d'autre.

Conte de Noël

Il y avait au deux-sept-six d'infanterie un adjudant très bon et très doux qui s'appelait l'adjudant Constantin. Il aurait aimé que chaque fantassin eût un cheval pour le porter et prît son petit déjeuner au lit, mais il comprenait bien que c'était impossible. Le militaire n'est pas fait pour s'énerver dans une existence de plaisir, au contraire. Et c'est justement le devoir de l'adjudant de veiller à ce qu'il ne s'endorme pas, comme de faire respecter la discipline sans laquelle il n'y a autant dire point d'armée. D'ailleurs, si le fantassin avait un cheval, il ne serait pas un fantassin, mais un cavalier, et la chose n'irait pas sans conséquences. C'est une question de principe. Il faut que chacun soit à sa place. C'est pourquoi l'adjudant Constantin punissait beaucoup. A toute heure du jour, on pouvait l'entendre crier dans la cour : « Vous coucherez à la boîte ce soir ! » ou bien : « Vous serez de corvée où vous savez ! » ou encore : « Je veux que ça fasse quinze au colonel ! » Mais, tandis qu'il faisait pleuvoir les punitions, son cœur saignait de pitié, et il lui arrivait de soupirer tout bas : « Si seulement je pouvais coucher en prison à leur place ! » Et quand il ne le soupirait pas, il le pensait. C'était un adjudant vraiment très bon. Il punissait parce qu'il ne pouvait pas faire autrement. Mais les hommes du deux-sept-six ne comprenaient pas que c'était pour leur bien. Ils disaient n'avoir jamais vu aussi sale vache que l'adjudant Constantin, et lui, qui entendait parfois leurs propos, il en avait une si grande peine que le soir venu, dans son lit, il ne pouvait pas s'empêcher de pleurer. Il pensait que les galons d'adjudant sont difficiles à porter, bien plus que ceux de capitaine ou de commandant.

La plus mauvaise tête du deux-sept-six était sûrement Morillard. Il répondait à ses supérieurs, laissait la rouille se mettre dans son fusil, lisait les journaux subversifs, écrivait *A bas l'armée* sur les murs de la caserne, sortait sans permission, rentrait saoul perdu et quelquefois, ne rentrait pas de la nuit. Enfin, il faut bien le dire, il allait plus que personne au grand huit de la rue du Vert-Vert, et de ce qu'il faisait là-bas, on aime autant se taire. Le caporal Meunier qui l'y avait accompagné une fois, disait que c'était impossible à se figurer quand on n'avait pas déjà un peu vécu.

Parfois, en rugissant un blasphème de principe, l'adjudant Constantin menaçait Morillard de lui faire pisser le sang, mais c'était une façon de parler tout habituelle, et aussi pour lui faire peur un peu. En réalité, il souhaitait que la libération de la classe arrivât bien vite, avant qu'une imprudence ne précipitât cette mauvaise tête dans une dangereuse aventure. Et Morillard n'avait pas moins de hâte que son adjudant, car il n'était jamais bien sûr de lui, ni des surprises du lendemain.

— Vivement la classe, disait-il. Je veux qu'un cochon soit mon oncle si jamais je rengage!

Pourtant Morillard rengagea un mois avant la libération de la classe. Voilà ce qui s'était passé : Au numéro huit de la rue du Vert-Vert, il était arrivé une grande fille plus blonde qu'on ne peut dire. Rien que son nom était José. Elle avait les yeux blonds aussi, et si doux et si chauds qu'il leur suffisait d'un regard pour dévorer le cœur d'un homme. Son arrivée avait fait grand bruit dans la garnison. Même les officiers, qui avaient pourtant de la distraction avec les femmes sérieuses, venaient la voir au grand huit. Elle faisait pour eux ce qu'il fallait, mais sans plus, et avec un air distant. Il y a des natures de femmes que le galon n'étonne presque pas. Dès la première semaine, José avait distingué Morillard, et c'est pourquoi il avait rengagé. L'adjudant Constantin avait vainement essayé de l'en dissuader, lui représentant qu'il n'arriverait jamais à un grade, et qu'il ferait mieux de se chercher une position dans le civil, non pas que de se gâcher l'avenir pour une peau de garnison. Tous ses sous, il allait les manger au grand huit. Et quand sa garce quitterait la ville, alors quoi, il déserterait? Valait autant le dire. Et comme le fantassin ne répondait pas, il avait ajouté :

— D'abord, si vous rengagez, moi je vous ferai pisser le sang.

Mais il l'avait dit si doucement que Morillard en avait oublié de prendre ses grands airs arrogants, et qu'il s'était senti troublé. Au fond, il savait bien que l'adjudant avait raison, et qu'il n'y a point de sagesse à rengager pour des fantaisies de traversin. Mais sa décision était prise et il avait déjà commandé sa tenue de fantaisie. Sa classe libérée, il resta au deux-sept-six, et tous les jours qu'il ne passait pas en prison, il s'en allait au grand huit retrouver la garce. Le pire était que José n'eût pour lui aucune ambition. Elle ne songeait pas à s'étonner qu'il demeurât fantassin de deuxième classe, et le jour où elle apprit qu'il était un mauvais soldat, elle n'en fut même pas choquée. Les filles de mauvaise maison ne savent pas qu'il ne peut y avoir de meilleur plaisir pour le militaire que celui d'accomplir son devoir.

Le matin de la veille de Noël, l'adjudant Constantin découvrit Morillard au magasin d'habillement où il devisait avec le garde-magasin en se chauffant les pieds, au lieu de faire l'exercice dans la cour. Il voulut prendre la chose avec bonhomie et se borna tout d'abord à lui prédire le conseil de guerre. Morillard chercha mollement ses galoches du bout de son chausson fumant, en grommelant qu'il y avait toujours des faces de cocus pour se mêler de ce qui ne les regardait pas. En considération des fêtes de Noël, l'adjudant voulut bien ne pas entendre.

D'ailleurs, il ne croyait pas que l'expression face de cocu, appliquée à un célibataire, fût une injure grave. Il prononça simplement d'une voix ferme :

— Morillard, allez mettre vos souliers et descendez dans la cour.

Morillard quitta le magasin, et l'adjudant le suivit du regard jusqu'à ce qu'il fût dans l'escalier. Un quart d'heure plus tard, passant par les cuisines, il trouva son homme, en galoches, qui faisait une partie de dames avec l'un des cuisiniers. Il ne crut pas pouvoir se dérober à l'obligation de lui infliger quatre jours de prison, et Morillard ricana :

— Me voilà en tenue. J'ai bien fait de garder mes galoches.

L'adjudant Constantin fut non seulement attristé par l'incident, mais bourrelé de remords. Depuis trois jours, il évitait Morillard pour n'avoir pas l'occasion de le punir. Il avait même, à mots couverts, donné aux sergents la consigne de se montrer plus indulgents qu'à l'ordinaire :

— Puisqu'il a rengagé pour les beaux yeux de cette fille-là, qu'il puisse au moins aller la voir pour Noël.

Lui-même avait fait preuve de toute l'indulgence possible. Au magasin d'habillement, où il n'était entré que par hasard, il avait eu au moins deux motifs de punir. Quel sergent, quel caporal même eût laissé passer l'appellation de face de cocu ? Morillard ne manquerait pas, un jour ou l'autre, de se vanter d'avoir pris cette liberté avec Constantin. D'ailleurs, l'affaire avait eu un témoin en la personne du garde-magasin. L'adjudant ne pouvait pas non plus se reprocher une excessive sévérité. Quatre jours de prison pour un refus d'obéissance étaient une sanction bénigne. Encore ne porterait-il pas le véritable motif, mais, simplement : « A été surpris à jouer aux dames pendant l'exercice », ce qui ferait dire encore au capitaine : « Vous êtes bien sévère, Constantin, pour un rengagé. » Car c'était son lot d'être détesté des hommes et rabroué par les officiers qui le regardaient un peu comme un policier hargneux. Peut-être qu'ils avaient raison, pensait l'adjudant : quel besoin avait-il eu de passer au magasin d'habillement et aux cuisines ? Quel flair de chien policier l'avait conduit à Morillard ?

Un peu avant l'heure de la soupe, il fit une inspection rapide et distraite des chambrées. Pourtant, il remarqua dans l'une d'elles deux paquetages mal bâtis qui lui semblaient un défi à la bonne ordonnance. Posés de guingois sur la planche de bois blanc, ils déparaient l'alignement et ressemblaient à des tas de linge sale. Les effets étaient aussi mal pliés que les chemises et les caleçons. Choqué, l'adjudant Constantin fit basculer sur le lit le paquetage qui se trouvait à portée de sa main. Alors, parmi les effets épars, il reconnut la vareuse fantaisie à poches rapportées, qui appartenait à Morillard. Il eut un geste de regret, puis, songeant que Morillard était en prison, réfléchit qu'il n'aurait pas la peine de refaire son paquetage. Craignant que la vareuse ne prît un faux pli dans la position où il l'avait mise, il la souleva d'un mouvement attentif et entendit un bruit de papier froissé. En même temps, un paquet plat enrubanné coula doucement d'entre les pans de la veste. Sous un transparent glacé, il vit une chemise de femme, bleu ciel, brodée de guirlandes de marguerites. L'adjudant Constantin fut bouleversé. Il tenait le cadeau de Noël que Morillard avait préparé à l'intention de la grande blonde et qu'il devait lui offrir le soir même. Son remords en fut avivé. Il se reprocha furieusement sa maladresse. « J'ai bouclé un amoureux, et voilà une fille qui n'aura pas son Noël, par ma faute. » Il regarda tendrement la chemise bleue et murmura, en hochant la tête : « C'est quand même un garçon délicat. Moi, je n'aurais jamais pensé à ça. » Il réfléchit aux moyens de rendre sa liberté à Morillard, mais c'était impossible maintenant, le capitaine était déjà informé. Il eut un geste de détresse et s'accusa à haute voix :

— Chien de quartier, quoi... voilà ce que je suis... un chien de quartier...

Une sonnerie de clairon l'interrompit et il s'avisa que le secret de Morillard était étalé sur le lit. D'une main preste, il saisit le léger paquet qu'il mit en place avec de longues précautions. Puis il refit lui-même le paquetage, pour que nul n'y portât la main, pliant pièce par pièce le linge et les vêtements. Quand il eut achevé, il recula de quelques pas pour mieux apprécier son travail et fut mécontent. Son paquetage était le plus mal fait entre tous les autres, et il songea en quittant la chambrée : « Ce n'est pas si facile qu'on croit, il faut du temps... et puis, à quoi ça sert de faire un beau paquetage ? »

Toute la journée, il fut tourmenté par le souvenir de la chemise bleue aux guirlandes brodées. Sans espoir, il tenta une démarche auprès du capitaine pour que Morillard obtînt, sinon la permission de minuit, celle de sortir une heure après la soupe du soir. Le capitaine haussa les épaules :

— Mais, Constantin, vous perdez la tête ! Un puni de prison aller se promener en ville ? On n'aurait jamais vu ça !

— Je sais bien, mon capitaine, mais c'est parce qu'il a une petite... une grande blonde qui attend son cadeau de Noël...

— Oui, oui, j'en ai entendu parler... Et c'est vous, Constantin, qui voulez faire le jeu de ce petit maquereau, et contre le règlement, encore ? Je ne vous reconnais plus, ma parole, on vous a changé dans la nuit.

— Mais non, pas tellement... Je suis comme d'habitude...

L'adjudant n'osa pas parler de la chemise bleue. Le soir, à l'heure de la soupe, il alla au poste de garde et demanda à voir la prison, sous prétexte de s'assurer qu'on n'y fumait pas. Morillard, seul prisonnier, était déjà roulé dans sa couverture. En entrant, l'adjudant Constantin fut pris à la gorge par une forte odeur de tabac et dut se retenir de tousser. Il s'informa auprès de Morillard s'il avait assez de couvertures. Le prisonnier lui jeta un regard furieux et se retourna face au mur, sans répondre.

— C'est Noël, dit encore l'adjudant, exceptionnellement on pourrait peut-être, si vous aviez envie de quelque chose, ou une course à faire en ville... pour une connaissance..

Morillard ne répondit pas, mais l'adjudant Constantin, après avoir refermé la porte, l'entendit longuement soupirer.

De onze heures à minuit, l'adjudant Constantin entendit rentrer tous les hommes qui étaient sortis en ville. De sa chambre, qui donnait sur la cour, il les voyait d'abord défiler sous la lumière du poste et pouvait mettre un nom sur chaque visage. Il les regarda soigneusement, dans l'espoir insensé que le prisonnier avait pu s'entendre avec le sergent du poste pour s'échapper une heure ou deux. Mais le dernier homme rentra sans qu'il eût reconnu Morillard. Il se mit au lit en grommelant contre le sergent qu'il jugea manquer d'initiative. Il ne put trouver le sommeil et pensa presque sans cesse au prisonnier, à la chemise bleue, et à la grande blonde qui attendait encore. Vers une heure du matin, il se leva, et pour tromper son insomnie, décida de faire une ronde dans les étages. Il y avait peu de chances qu'il surprît un homme à sortir, et il n'en avait aucune envie. Son seul but était d'apaiser ses nerfs. Il s'habilla sommairement, coiffa son képi, et prit une lampe de poche. En arrivant au premier étage, il entendit le bruit d'un pas léger dans le grand couloir et braqua sa lanterne. Un enfant tout nu, chargé d'une hotte, s'arrêta dans le faisceau de lumière, en protégeant ses yeux éblouis avec ses deux mains. L'adjudant Constantin sourit, car il venait de reconnaître l'enfant Noël qu'il avait déjà rencontré une année. Il s'approcha et demanda cordialement :

— Qu'est-ce que vous leur apportez de beau, à mes gaillards ?

— Pas grand-chose, répondit l'enfant Noël. C'est qu'ils sont déjà un peu grands, savez-vous bien...

— Quand même, protesta l'adjudant, ils sont encore à l'âge où l'on grandit.

— En tout cas, ils n'ont pas l'air malheureux. J'ai vu qu'ils avaient tous de jolis fusils.

— C'est du jouet un peu sérieux.

— Et puis, je ne suis pas très riche non plus, dit l'enfant Noël, surtout cette année. Alors, je leur apporte de bonnes pensées. On en a toujours besoin. C'est utile et agréable en même temps.

L'adjudant hocha la tête.

— Bien sûr, dit-il, les bonnes pensées, c'est toujours autant. Mais ça ne brille pas beaucoup. Moi qui vous parle, je suis chargé de les faire entrer dans la tête du fantassin ; je ne sais pas si c'est utile, mais ce n'est sûrement agréable pour personne. Il faut dire que je n'ai pas les moyens non plus...

— Et comment vous y prenez-vous ?

Constantin montra sur la manche de sa capote son galon d'adjudant et dit à l'enfant Noël :

— Voilà mes moyens... oui, ça paraît drôle au premier abord...

— Et vous travaillez la nuit aussi, à ce que je vois ?

— Oh ! non, plutôt la journée. La nuit, je fais simplement des rondes. Vous comprenez, si je n'avais pas l'œil, mes gaillards se mettraient à faire le mur, et qu'est-ce qui se passerait ? c'est qu'ils s'en iraient vers les femmes attraper les maladies.

— Les maladies ?

L'adjudant Constantin s'empressa de changer de conversation et demanda à l'enfant Noël où il en était de sa distribution.

— J'ai encore un paquet de bonnes pensées à répartir dans la dernière chambrée.

— Si vous voulez, proposa l'adjudant, je vais vous éclairer avec ma lanterne. Ce sera plus commode.

— Volontiers. De votre côté, vous verrez comment je m'y prends.

L'enfant Noël précéda l'adjudant Constantin dans la chambrée. La lampe électrique éclaira tout d'abord le râtelier d'armes, puis un premier lit où dormait un soldat. L'adjudant sourit et murmura :

— C'est Turier, du deuxième contingent... Un bon garçon, vous savez... Oui, Turier Robert, il s'appelle...

L'enfant Noël prit une bonne pensée dans sa hotte, la glissa sous le traversin de Turier, et borda le soldat dans son lit, d'un geste vif.

— C'est bien commode, dit l'adjudant. Et vous êtes sûr du résultat ?

— Vous pensez! depuis le temps que je fais mes tournées, j'ai pu apprécier les bons effets de ma méthode. Si vous voulez l'essayer, je tiendrai la lampe électrique.

— Oh! Vous croyez que moi aussi, je pourrais...

— Bien sûr ! Vous m'avez vu faire, ce n'est pas difficile.

L'enfant Noël s'empara de la lanterne et éclaira le second lit. L'adjudant prit une bonne pensée dans la hotte et la fit passer sous le traversin de Bérignon Joseph, puis il borda Bérignon des deux côtés.

— Ce n'est pas plus malin que ça, dit l'enfant Noël. Et rien ne vous empêche d'ajouter une bonne pensée qui vienne de vous. Mais, bien entendu, il faut qu'elle soit bonne.

— Pour ce soir, j'aime mieux user les vôtres, je suis plus tranquille. Demain, j'en préparerai d'autres. C'est qu'il ne s'agit pas de se tromper.

L'adjudant voulut distribuer toutes les bonnes pensées, et, chaque fois qu'il bordait un homme dans son lit, il lui murmurait à l'oreille des paroles d'amitié.

L'enfant Noël trouvait qu'il s'attardait un peu trop et le pressait avec impatience.

— Dépêchons-nous. J'ai encore du travail, vous finirez par me mettre en retard. Allons, à l'autre lit, maintenant.

Dans la deuxième rangée, le faisceau de lumière tomba sur un lit vide, dépouillé de ses couvertures.

— Tiens, fit observer l'enfant Noël, il manque un soldat.

Le visage heureux de l'adjudant se rembrunit.

— C'est le lit de Morillard. Un bon garçon aussi, qui n'a pas eu de chance. Si je vous avais rencontré seulement un jour plus tôt, il ne passerait pas la nuit de Noël en prison. Et encore, s'il n'y avait que lui dans l'affaire, mais c'est toute une histoire...

— Prenez toujours une bonne pensée, vous la lui donnerez quand il reviendra...

— Oui, je vais toujours lui en prendre une. Mais ça n'arrange pas tout...

Il restait encore une demi-douzaine de lits à visiter et ce fut l'enfant Noël qui s'en chargea. L'adjudant Constantin n'avait plus le cœur à la joie et il était si gravement préoccupé qu'il craignait de se tromper. La besogne accomplie, ils se séparèrent sur le pas de la porte. Déjà, l'enfant Noël s'éloignait en courant sur ses pieds nus, lorsque l'adjudant le rappela :

— Noël! Noël! Est-ce que vous vous chargeriez d'une commission?

— Mais oui, si ce n'est pas trop long.

— Attendez-moi, je reviens tout de suite.

L'adjudant s'engouffra dans la chambrée et en ressortit presque aussitôt. Dans les mains de l'enfant Noël, il déposa le paquet bleu enrubanné et dit en rougissant :

— C'est du linge fin, vous ferez attention...

— Quelle adresse?

L'adjudant Constantin parut embarrassé et lui parla tout bas à l'oreille.

— Au grand huit? dit l'enfant Noël, mais j'y vais, justement! Tous les ans, je leur apporte un paquet de bonnes pensées. Ce sont des amies qui m'aiment bien. L'an passé, il y avait Carmen, Ginette, Christiane, Lili, la grande Marcelle, Nana, Léo, Rirette. J'ai appris que Lili était partie pour Épinal. C'est sûrement José qui l'a remplacée. Soyez tranquille, la commission sera faite.

L'adjudant Constantin joignit les mains avec adoration. L'enfant Noël mit la chemise bleu ciel dans sa hotte et ouvrit la fenêtre pour prendre sa course. Comme il s'élevait dans les airs, Constantin se pencha dans la nuit et cria encore :

— Surtout, dites-lui que c'est de la part de Morillard!

— Oui, oui, Morillard!

L'enfant Noël prit de la hauteur, mais avant de filer sur le grand huit, il plongea la main dans sa hotte et fit neiger des fleurs du paradis sur le képi de l'adjudant Constantin qui se mit à rire dans le mois de décembre.

La statue

Il y avait un inventeur nommé Martin, que tout le monde croyait mort depuis longtemps et à qui l'on avait élevé une statue sur une petite place de Paris. Cette effigie le représentait en pied, avec un pardessus de bronze, si bien imité que les coins semblaient frissonner à un courant d'air, comme il arrive assez souvent dans la vie. Le socle portait une inscription gravée sur quatre lignes : « Martin, 1877-1924. Inventeur du pandemonium mirabile. »

A vrai dire, nul ne savait plus en quoi consistait cette invention du pandemonium mirabile et Martin lui-même l'avait oublié. Peut-être était-ce une bouillotte électrique transformable à volonté en fer à repasser et en moule à gaufre, ou bien ce dé à coudre qui permettait de se polir les ongles tout en tirant l'aiguille, ou encore l'une de ces mécaniques dont l'apparition avait bouleversé l'industrie du rasoir et celle du briquet à essence. Au cours de sa longue carrière, il avait inventé tant de choses, et les moteurs, les piles, les bobines, les ressorts, les bielles et les rouages de toutes sortes se brouillaient si bien dans sa mémoire qu'il ne s'y reconnaissait pas. Il lui arrivait même de réinventer, sans le savoir, une mécanique qu'il avait livrée à l'industrie quinze ou vingt ans plus tôt.

Quelques années après l'époque qu'on présumait être celle de sa mort, Martin avait élu domicile dans les environs de sa statue. Il habitait une sorte de grenier aménagé en atelier où il vivait tout à fait seul au milieu de ses outils et d'une ferraille délicate qui encombrait jusqu'à son lit. Des jouets d'enfant, trains, autos, poupées valseuses, bêtes capricantes, voisinaient avec des balais mécaniques, des machines à extraire les racines carrées, des bascules automatiques, des extincteurs, des briquets, des appareils à onduler et mille autres inventions dont le plus grand nombre dormait déjà sous un manteau de poussière. Les murs eux-mêmes étaient envahis par des objets curieux, entre lesquels une pendule à vapeur qui avait mérité un diplôme d'honneur à l'Exposition de 1900. Nulle visite ne venait jamais troubler sa retraite et la concierge s'était interdit de monter chez lui depuis qu'une chauve-souris mécanique l'avait accueillie à l'entrée et frôlée de son aile immonde. Sans crainte d'être dérangé, il travaillait tout le jour, ne cessant pas d'inventer, de crayonner, de limer, de fraiser, d'ajuster. Son sommeil même était lourd d'inventions dont certaines s'imposaient à lui avec tant d'autorité qu'elles l'obligeaient parfois à quitter son lit et à travailler sous la lampe.

Le soir venu, il descendait prendre le seul repas un peu substantiel qu'il s'accordait de toute la journée, et avant de gagner quelque restaurant du quartier, il allait faire le tour de sa statue. C'était sa récréation quotidienne et lorsque le temps et la saison le permettaient, il s'y attardait volontiers. Son meilleur plaisir était de s'asseoir sur un banc de la petite place et de contempler son image qui dominait les passants et les voitures de toute la hauteur du socle. A côté de lui venaient s'asseoir des amants, une mère qui se reposait du fardeau d'un enfant ou un clochard rêvant de havre et de mangeaille, mais nul ne prenait garde à la direction de son regard. L'homme de bronze, soutenant sa tête inventive avec deux doigts de sa main gauche, faisait avec l'autre main le geste d'épousseter son pardessus et surveillait l'opération avec le regard profond des statues.

Sans être orgueilleux de sa gloire, Martin éprouvait

un vif contentement de ce témoignage solide rendu à son génie et sa promenade du soir sur la petite place était pour lui une occasion de procéder à un examen de sa propre personne, que ses préoccupations ordinaires lui offraient rarement. Mais tandis qu'il se cherchait ainsi sur ce reflet de bronze, il s'effrayait un peu de l'importance qu'il prenait à ses yeux. L'attitude de penseur dans laquelle était fixée son image lui inspirait de la gêne dès qu'il la prenait à son compte. Du reste, en face d'elle il avait toujours le sentiment, presque le remords, de faire double emploi, et il s'excusait tout bas d'avoir ainsi triché avec la mort. En réalité, il était fier de sa statue sans l'être de sa personne.

Avec les années, cette fierté devenait exigeante. Martin s'affligeait de l'indifférence des passants à l'égard de la statue. Les gens qui traversaient la place n'avaient jamais un regard pour elle. Nul ne s'arrêtait pour déchiffrer sur la pierre le nom glorieux de l'inventeur. On n'en parlait pas non plus dans les groupes qui bavardaient sur les trottoirs avant l'heure du dîner. Il n'en ressentait ni amertume ni dépit, mais une sourde anxiété qui pesait sur sa joie. Vers six heures, il y avait un moment de vive animation sur la petite place et c'est alors que la statue lui paraissait le plus isolée. La foule passait, brutale, égoïste, sans un mouvement d'humanité vers la haute silhouette de bronze, qu'elle eût presque bousculée dans sa hâte. Le cœur serré, Martin cherchait sur les visages une marque de sympathie ou simplement d'attention, mais toujours en vain et quand, par distraction, un regard se levait vers la tête pensive, on y lisait une ignorance injurieuse.

Parfois, aux heures de moindre affluence, il essayait d'entreprendre quelque voisin de hasard, assis à côté de lui sur le banc. Il se penchait avec un sourire timide et, montrant du doigt la statue, disait à mi-voix : « C'est Martin. » Le voisin répondait par un sourire d'indifférence, à moins qu'il ne haussât les épaules en grommelant : « Qu'est-ce que vous voulez que ça me fasse ? »

Souvent aussi, il se mêlait aux passants et s'adressait

à l'un d'eux, en étranger avide de s'instruire : « Je vous demande pardon, mais pourriez-vous me dire quelle est cette statue ? » Mais jamais il ne rencontra personne qui fût en mesure de le renseigner. Bien mieux, les commerçants de la place, auxquels il posait la même question, étaient tout aussi incapables d'y répondre.

Meurtri par tant d'ignorance et d'ingratitude, Martin travaillait avec moins d'entrain qu'autrefois. Il était souvent distrait.

En songeant à la solitude de sa statue, les outils lui tombaient des mains et il restait engourdi dans son grenier à remâcher sa tristesse. D'autres fois, saisi d'une pitié impatiente, il laissait la besogne et courait sur la place faire à son image l'aumône d'une présence amie. Peu à peu, sa vie perdait l'ordonnance que lui avait imposée l'effort d'inventer. Il sortait maintenant à toute heure du jour sans même se donner le semblant d'un prétexte. Il prenait de mauvaises habitudes, comme de fumer et de lire le journal. Les inventions paressaient dans sa tête et entre ses doigts moins agiles. Il inventait presque sans joie, pour gagner sa vie. Autrefois, le souci de subsister ne le gênait pas et, une fois pour toutes, ayant fait la part des nécessités matérielles, il pouvait travailler librement à des inventions sans utilité véritable, tel ce taille-crayon fonctionnant au gaz d'éclairage, qui était de l'art pur. Maintenant et de plus en plus, il s'attachait aux réalisations monnayables, mais sans grand succès. L'étincelle jaillissait plus rarement et il y était moins attentif.

A la belle saison, il passait le plus clair de son temps sur la place, dans une contemplation mélancolique tournant à l'amertume. Il n'interrogeait plus les passants. Son opinion était faite sur l'ignorance et la sottise du monde. Assis sur son banc, il lui arrivait de monologuer comme s'il eût été l'homme de bronze parlant du haut de son socle. « Passez, murmurait-il en laissant tomber sur les passants un regard hargneux, passez donc, tas d'andouilles. Je vous méprise. Je crache sur votre bassesse. Je vide sur vos têtes ma vessie d'airain. Un jour, pauvres essoufflés, vous périrez tous et le poids de votre imbécillité vous enfoncera dans la terre. Mais moi, je serai debout sur ma pierre, je verrai passer vos dépouilles et j'aurai devant moi la perspective d'une vie sans fin. Par mon travail, mon intelligence, mon génie, je me suis élevé sur un socle. Je suis devenu un rocher du monde. Je n'ai pas besoin de votre admiration. Elle n'ajouterait rien à mon éternité. Elle ne m'empêcherait pas de rire de vos misérables faces de chair... »

De tels discours n'étaient pas faits pour lui rendre la paix du cœur. En invectivant ainsi contre les passants, il ne prenait pas toujours la peine d'imaginer qu'il était la statue. Son mépris avait alors une expression plus personnelle, plus directe aussi. Par exemple, il lui arrivait de dire à haute voix : « Je vous emmerde », et il y avait des personnes qui en montraient de la surprise. Un jour, il eut lieu de se repentir, au moins quelques instants, d'avoir donné ce tour oratoire à son amertume. Sur le banc où il était assis avait pris place une femme d'une cinquantaine d'années, vêtue sans élégance, et tenant à la main un bouquet de violettes. Sans prendre garde à sa présence, il exhalait ainsi son humeur agressive à l'intention des rares personnes qui passaient sur la place. S'étant assurée qu'elle était seule à pouvoir l'entendre, la dame le prit de haut. Elle se leva, toisa le mal embouché et lui dit : « Monsieur, vous êtes un goujat. » Martin se trouva confus. Les paroles de violence auxquelles il s'était laissé aller avaient une portée générale, presque philosophique, et en aucun cas ne visaient l'individu, mais il était difficile de faire entendre qu'une telle exclamation traduisait une vue de l'esprit. Du reste, la dame ne lui laissa pas le temps d'une explication et, après l'avoir retoisé, s'avança sur la place. La confusion de Martin tourna au remords et à la stupeur lorsqu'il la vit piquer droit sur la statue et s'arrêter au pied dans une attitude de recueillement. L'émotion le clouait sur son banc, il pensa défaillir. Enfin, retrouvant l'usage des jambes, il traversa la place au galop. Dressée sur la pointe des pieds, la dame éparpillait ses violettes sur le socle autour des souliers de bronze. Martin bredouilla derrière elle des paroles timides et essoufflées. Elle se retourna brusquement et, poussant un cri de frayeur à la vue du goujat, étreignit le manche de son parapluie. Il s'excusa humblement, expliqua qu'il était un vieil ami de Martin et que les paroles de colère qu'elle avait surprises tout à l'heure allaient justement aux ingrats et aux ignorants. Elle changea de visage aussitôt et des larmes lui vinrent aux yeux.

— Parlez-moi de lui, pria-t-elle. J'ai tant besoin qu'on me parle de lui...

— C'était un grand homme, dit Martin.

— N'est-ce pas? un grand homme? et un grand cœur aussi, je peux le dire mieux que personne. Si vous saviez, Monsieur... si vous saviez...

Elle lui saisit le bras d'un geste nerveux et le regarda jusqu'au fond des yeux. De son côté, il la considérait avec sympathie, en faisant l'effort de la trouver avenante, mais il ne pouvait se défendre de la voir laide, pointue, rêche sur toutes les coutures.

— Vous qui étiez son ami, reprit-elle, il a dû vous parler de moi bien souvent?

Il eut un geste vague. Elle le lâcha et, toute redressée, informa :

— Je suis Mademoiselle Pinton. Julie Pinton.

Puis, détendue, elle eut un sourire d'attente confiante.

— En effet, murmura Martin qui cherchait dans sa mémoire. Il me semble bien...

— N'est-ce pas, il vous parlait de moi? Oui, bien sûr. Mlle Pinton. Quand je pense... C'était avant la guerre. Nous étions deux enfants. Il avait trente-quatre ans, moi, j'en avais trente-deux. J'avais refusé les plus beaux partis de la ville, même le fils Moudru. Et il est venu, lui.

Mlle Pinton ferma les yeux comme en extase. Martin commençait à être déçu. Il eût aimé une admiration plus gratuite, inspirée par des raisons moins suspectes.

— Deux années de suite, il est venu passer les vacances de Pâques dans la maison qui faisait face à la nôtre. Nous nous sommes rencontrés chez des amis. Il est venu chez nous. Quand j'étais au piano, il tournait les pages de ma partition, et il me disait à l'oreille : « Comme vous êtes musicienne »... et je sentais sur ma nuque son souffle brûlant... Si vous saviez, quand je suis seule, quand je me souviens, il me brûle encore... il me brûle. Et un jour... c'était en descendant les marches du perron, j'ai fait un faux pas et je me suis accrochée à lui. Je l'ai serré. Ah! comme je l'ai serré!

Au souvenir, elle eut un frisson, ses narines se pincèrent. Soudain, elle se rua vers le socle et, de tout son corps, collée à la pierre, leva les mains pour étreindre une jambe de la statue.

— Allons, finissez! cria Martin avec colère. C'est stupide. Vous allez vous casser les ongles.

Il réussit à lui faire lâcher prise et la conduisit jusqu'au banc où elle eut une crise de larmes. Irrité, il la laissait pleurer sans intervenir, regardant avec malveillance la maigre face grenue et le long nez rougeoyant sous le mouchoir. Sans parler de sa déception, il lui déplaisait de voir resurgir le temps des amours sous les traits ingrats d'une vieille fille. Seul, un reste de curiosité le retenait de s'enfuir. Dans sa mémoire commençait à flotter une image confuse qui offrait avec la silhouette de Mlle Pinton une ressemblance encore incertaine. Les larmes taries, il interrogea :

— Alors? comment ça a-t-il fini?

— Il m'a aimée, et pourtant, il s'est marié avec une autre. A son retour à Paris, il a épousé une veuve très riche, une femme...

Martin voulut l'interrompre, mais elle allait d'un ton excité, le nez et les mains fébriles.

— Une femme millionnaire. Il l'a épousée pour sa fortune. Il avait un hôtel particulier, quinze domestiques, des voitures, un château en Touraine, des villas au bord de la mer. Il s'était acheté un monocle. Il semait l'or à pleines mains.

Martin coupa en haussant les épaules :

— Vous avez sûrement rêvé. Il ne s'est jamais marié

et il a toujours vécu presque pauvre. Je l'ai approché d'assez près pour en avoir la certitude.

— En tout cas, riposta Mlle Pinton, j'ai été renseignée par des personnes dignes de foi, que je connaissais depuis très longtemps...

Martin n'insista pas. Ses souvenirs ne se précisaient pas. Il revoyait très bien la petite ville où il avait passé des vacances de Pâques, la maison et la chambre même qu'il avait habitées, mais point de Julie Pinton. Sans doute était-elle si insignifiante qu'il ne lui avait guère prêté d'attention. Agacé par le jeu, il demanda d'une voix impatiente :

— Vous me dites que Martin vous a aimée?

— Parfaitement.

— C'est possible. Mais vous ne m'avez pas dit... Moi-même, je ne me rappelle pas. Enfin, quoi, avez-vous couché avec lui?

Mlle Pinton se leva d'un saut et, le visage empourpré, lui cria :

— Cochon! Je m'en doutais. Vous n'étiez qu'un ignoble satyre! Oh! cochon!

Assurant son parapluie sous son bras, elle s'élança sur la place et Martin regarda s'éloigner la triste silhouette avec une pointe de regret.

Une semaine après cet incident, Martin abandonnait définitivement ses recherches sur un bouton-pression à éclipse, auquel il travaillait depuis plusieurs mois. Il avait compté sur le succès de cette invention pour rétablir ses affaires qui prenaient une mauvaise tournure, mais le souvenir de Mlle Pinton le laissait tout alangui et incapable d'un effort sérieux. Il oubliait peu à peu sa laideur et lui substituait sans le vouloir l'image d'une créature jeune, gracieuse, qu'il croyait retrouver au fond de sa mémoire et qui n'était en réalité que la dernière et la plus belle de ses inventions. Il passait des heures à mettre au point la forme de son nez, la couleur de ses yeux, le volume de son corsage, et quand il en eut fait une forme familière, il entreprit d'écrire des vers à son intention, comme cela se faisait avant la guerre.

C'était un vaste poème dont il n'écrivit que les quatre derniers vers :

J'inventerai pour toi de belles mécaniques
Aux ressorts trempés par les clairs de lune,
Moteurs à rosée, pendules magiques
Tintant si bémol au cœur de ma brune.

Ce quatrain lui coûta plus de huit jours d'efforts, mais il en fut vraiment content. Sur son banc, face à la statue, il le murmurait à Julie. C'était dans le cadre de la petite place qu'il situait le plus naturellement Mlle Pinton. Il la faisait asseoir près de lui, respirait le parfum de ses violettes, se penchait sur son oreille, sur sa nuque. Ensemble, ils allaient faire un tour de statue, s'arrêtaient au pied du socle pour bavarder. Elle avait une jeunesse charmante, un sourire d'enfant, col Claudine et regard mutin.

Mais parfois un souvenir plus précis venait traverser toutes ces imaginations. Il revoyait avec douleur le corps gracieux de Mlle Pinton épouser le socle de pierre tandis qu'elle étreignait le pantalon de bronze et que le sang de la passion montait à son pur visage de jeune fille. Il en rougissait lui-même de honte et de colère et le poison de la jalousie s'insinuait en lui. En arrivant sur la place, il regardait toujours avec appréhension du côté de la statue, comme s'il eût craint d'y voir rôder Julie, les joues animées d'un sang lourd. En face de l'homme de bronze, il lui arrivait de dire avec un mauvais sourire :

— Ce ne sont pas les inventions qui charment Julie. Les inventions, elle ne s'en soucie guère ! Ce qu'elle aime, c'est mon souffle brûlant... elle l'a dit... mon souffle brûlant... C'est moi ! C'est moi !

En prononçant ces paroles, Martin prenait plus d'une revanche. Il secouait du même coup les reproches que lui adressait sa conscience d'inventeur paresseux, car il travaillait de moins en moins et avec un dégoût qu'il ne se dissimulait pas. Peut-être même le fantôme de Mlle Pinton n'était-il qu'une ruse de sa part, afin d'oublier la misère qui le menaçait. Il était en retard d'un terme pour payer son loyer et ne voyait pas comment il pourrait s'acquitter du terme à venir. La concierge, pleine de ricanements, triomphait déjà. Il se sentait las d'inventer, las d'une lassitude définitive, et à bout de rouleau. La machine, usée, encrassée, ne fonctionnait plus. Devant sa déchéance, la statue devenait un témoin pesant.

Lorsque le problème de manger se posa de façon pressante, le fantôme de Mlle Pinton perdit beaucoup de son charme et de son importance. Martin se trouva bientôt réduit à bazarder ses vieilles inventions chez un marchand de bric-à-brac. Chaque matin, il descendait de son grenier un paquet de ferraille dont il arrivait à tirer une dizaine de francs. Le jour où on lui offrit quarante sous de sa pendule à vapeur, son amertume lui fit voir Julie Pinton sous son aspect sévère de vieille fille. Il retrouva sa silhouette anguleuse, son maigre visage au nez rouge et sa voix criarde.

— Je te la laisse, ricana-t-il à l'intention de sa statue.

En effet, il ne pensa plus à lui disputer les bonnes grâces de Julie. Elle rejoignit dans sa mémoire les pantins poussiéreux qu'il avait inventés et qu'il essayait maintenant de fourguer au bric-à-brac. Les ressorts trempés par les clairs de lune n'étaient pas à toute épreuve. Jeune ou vieille, l'amoureuse cessa pour toujours de hanter la petite place et le cœur de Martin. Pourtant, il resta jaloux de la statue. C'était une jalousie d'autre sorte et qui le tenait plus profondément. Humilié par sa misère, il enviait l'homme de bronze d'avoir su arrêter le temps et de s'être figé dans un moment glorieux, tandis que lui-même s'était laissé prendre à l'habitude de vivre. Il l'accusait de lui avoir dérobé sa chance et ses forces les plus précieuses.

Un matin, assis sur son banc, il vit des touristes s'approcher de la statue, se pencher pour lire l'inscription sur le socle et reculer de quelques pas pour avoir une vue d'ensemble. La jalousie et le sentiment d'être victime d'une injustice lui firent serrer les poings. Il eut envie de courir à ces gens, de leur crier qu'ils se trompaient, qu'il était le véritable inventeur Martin. Mais la statue le dominait de si haut, il se sentait si infime devant elle, que le courage lui manqua. Les touristes partis, il la fixa longuement d'un regard chargé de haine. L'après-midi du même jour, un journaliste occupé d'une enquête sur les statues de Paris, s'arrêta devant celle de l'inventeur et prit quelques notes. Martin pensa en crever de rage. Le soir, entre six et sept heures, il lui sembla que tous les regards des passants se levaient vers la tête pensive de l'homme de bronze et il crut entendre monter de la foule un murmure fervent.

De jour en jour, le murmure devenait plus distinct. Bientôt, ce fut une haute rumeur de dévotion, venue de toutes les rues et de toutes les places de Paris. A chaque instant, les cloches se mettaient à sonner, sous prétexte d'un angélus ou d'un enterrement. Au centre de ces rafales d'admiration, Martin se recroquevillait dans sa bassesse et considérait sa statue avec moins de haine que de crainte. Il lui arrivait souvent de s'asseoir sur le banc avec la faim au ventre. Son visage et ses vêtements étaient mal soignés, ses chaussures commençaient à bâiller. Il avait presque l'aspect d'un pauvre professionnel. Un jour qu'il avait posé son chapeau à côté de lui, une femme y laissa tomber une pièce de monnaie. Entre sa statue et lui, il y avait maintenant tant de distance qu'il n'osait plus penser au lien qui les unissait. Peu à peu, il s'habituait à cet écrasement, finissait par l'accepter.

Une seule fois, Martin tenta de se révolter. Au milieu de la nuit qui précédait le jour du terme, il se retournait dans son lit en songeant à la menace d'expulsion que lui avait signifiée son propriétaire. Dans la rue, un groupe d'hommes avinés passa en beuglant une chanson. Il ne distinguait pas les paroles, mais ce ne pouvait être qu'un hymne à la louange de la statue. Cette ferveur bruyante lui parut insulter à son désespoir. Il s'habilla et, tremblant de colère, se rendit sur la place. Tout était désert, silencieux. L'homme de bronze, à la pointe de son crâne génial, accrochait un rayon de lune. De lourds pans d'ombre étoffaient son pardessus et son geste de penseur. Martin l'injuria à haute voix, le traita de canaille, de voleur, de traître, d'orgueilleux, de poseur.

— C'est moi qui t'ai mis là! criait-il. Sans moi, tu ne serais rien...

Mais tout en disant, il reprenait conscience de sa petitesse et, à mesure sa voix perdait de l'assurance. Dans le silence de la nuit, la statue paraissait plus grande. Un nuage épongeant la lune, elle grandit encore de plusieurs coudées et allongea vers lui une ombre mortelle. Il recula vivement jusqu'au trottoir et se réfugia dans la lumière municipale. Son cœur battait d'émotion et, les dents serrées, il regardait en haletant la haute silhouette noire se mêler à la nuit. Malgré sa frayeur, il voulut résister encore et, pour essayer de rétablir l'équilibre, il monta debout sur le banc où il s'asseyait d'habitude.

Son piédestal lui rendit quelque confiance en lui. Il s'étonna de n'avoir pas songé plus tôt à l'utiliser. Ce qui faisait la force et l'autorité de l'homme de bronze, c'était le socle de pierre qui le dressait dans le ciel. S'il avait posé par terre, il eût été moins redoutable. Martin regrettait maintenant de s'être laissé aller aux injures. La violence et les criailleries ne pouvaient que le diminuer en face de son ennemi. C'était pour beaucoup une question de niveau et depuis qu'il était juché sur son banc, la situation n'était déjà plus la même. Il fallait encore atteindre à la ferme et sereine dignité des statues. Martin s'appliquait à demeurer immobile et pour mettre toutes les chances de son côté, il prit une attitude de penseur, la joue reposant sur deux doigts de la main. La pose était très fatigante, presque douloureuse et il soufflait un vent froid, pénétrant. Mais le premier quart d'heure passé, un grand espoir vint soutenir son courage. Il sentait ses jambes et ses cuisses se durcir. Ses pieds engourdis devenaient pesants et adhéraient solidement au piédestal, sa joue et les deux doigts qui la soutenaient, cinglés par la bise, étaient presque privés de sensibilité. Enfin, à plusieurs reprises, il lui sembla que les coins de son pardessus, soulevés par les courants d'air, rendaient un son métallique. Une joie immense lui dilatait la poitrine, tandis qu'il surveillait les progrès de sa métamorphose. Dans un transport d'orgueil, il faillit interpeller la statue et se mordit la langue en songeant qu'il allait tout compromettre. Il se sentait lourd et magnifique. Une seule chose le contrariait : il était descendu en pantoufles et se demandait si le bronze parviendrait à rehausser la bonhomie un peu trop familière de ce genre de chaussure.

Au bout d'une heure d'immobilité scrupuleuse, il fut pris d'une soudaine inquiétude. Un rhumatisme venait de lui traverser la cuisse et il avait à peine réprimé un cri. Le doute l'effleura. Les statues, en effet, ne sauraient être sujettes au rhumatisme. La douleur reprit, plus aiguë, et devint si insupportable qu'il dut se résigner à déplacer sa jambe. Contrairement à ce qu'il espérait, ce mouvement n'exigea de lui nul effort. Les muscles jouaient de façon normale, compte tenu d'une certaine raideur qu'il eût été difficile de ne pas imputer à la fatigue. Martin essaya de reprendre la pose, mais il avait perdu la foi. Le vent glacial, soufflant avec plus de violence, le faisait vaciller et le pénétrait jusqu'aux os. Il grelottait de froid autant que de fatigue. Mettant pied à terre, il s'assit sur son banc et, vaincu, se mit à pleurer.

En quelques mois, Martin eut vendu sa ferraille, ses outils et son maigre mobilier. Sans ressources et sans domicile, on le vit mendier par les rues. Le plus souvent, il venait tendre la main sur la petite place, non pas pour y retrouver des souvenirs, mais plutôt par l'effet d'une vieille habitude qu'il adaptait sans effort à son nouveau genre de vie. Aux heures d'affluence, il se tenait au pied de sa statue en bredouillant un appel à la pitié des passants. Les premiers temps, il lui arrivait de mesurer l'ironie de la situation. A la longue, il avait fini par n'y plus penser. Du reste, sa mémoire s'embrumait, son esprit devenait de plus en plus lent. Il avait appris l'art de ne presque pas penser, de s'intéresser à des choses sans importance, de méditer pendant des heures sur un bouton de culotte qui commençait à se découdre. Aux heures creuses, il allait s'asseoir sur son banc et ne quittait guère la place de toute la journée. Sa présence indisposait certains commerçants et il y eut des plaintes au commissariat. Martin reçut plusieurs avertissements qu'il eut la paresse d'oublier.

Un jour, un peu avant l'heure de midi, il était en station, le dos appuyé au socle de pierre, la main tendue dans l'attente d'une aumône. Un agent traversa la place et vint droit sur lui. Martin ne comprit pas tout de suite qu'il était menacé.

— Tant pis pour toi, gronda l'agent. On t'aura assez averti. Allons, viens avec moi au commissariat.

Le mot de commissariat fit peur à Martin. Un reste de conscience bourgeoise lui fit entrevoir toute une imagerie infamante. Tourné à demi et levant la tête, ses mains jaillirent vers la statue dans un geste d'imploration. L'agent haussa les épaules et dit avec impatience :

— Assez de comédie, je suis pressé. Amène-toi.

— Laissez-moi ! Je suis l'inventeur Martin ! Je suis l'homme de la statue ! Je suis la statue ! Regardez... lisez...

Penché sur l'inscription, il montrait les lettres du doigt, épelant le nom de Martin. L'agent le prit par le bras et, comme il se cramponnait à une moulure du socle, l'arracha d'une secousse. Au commissariat, un brigadier lui fit subir, pour la forme, une sorte d'interrogatoire. L'agent qui l'avait amené rapporta :

— Il ne voulait pas venir. Figurez-vous qu'il se croyait l'inventeur Martin... vous savez, l'homme de la statue...

— Mince de prétention, grogna le brigadier en toisant le misérable avec dégoût.

— Je n'ai jamais dit une chose pareille, protesta Martin. Monsieur l'agent a mal compris. J'ai dit simplement que je m'appelais Martin, comme la statue.

— C'est bon, dit le brigadier à son subordonné. Boucle-le au numéro trois. Et qu'il se tienne bien! ou je lui fais couper la tête.

Martin fut relâché vers la fin de l'après-midi et défense lui fut signifiée de rôder à longueur de journée sur la petite place, à peine de se faire défoncer la gueule à coups de talon. La menace était superflue. Il quitta le quartier d'un pas léger. La tentation de regarder en arrière, fût-ce par la pensée, ne l'effleurait même pas. Il se sentait délivré, pour toujours, d'un ignoble fardeau et il lui semblait entrer en possession d'une jeunesse nouvelle qui le faisait sourire dans sa barbe de vieux. Après une demi-heure de marche, il s'arrêta dans une rue passante et, la main tendue, se mit à bredouiller : « Ayez pitié d'un pauvre vieillard. J'ai une fille infirme à ma charge et trois petits-enfants. »

Clochant au hasard des jours, Martin se trouvait à peu près heureux. La vie n'était plus cet équilibre difficile dont le souvenir, de plus en plus vague, lui donnait la nausée. A ramper ainsi dans une solitude animale, il éprouvait un sentiment de sécurité parfaite. Le pire qui pût arriver n'était que de crever et il n'y faudrait pas grand effort. Du reste, Martin n'y pensait pas. Il n'avait plus du tout la tête à inventer et disposait du présent aussi bien qu'un chien. Il avait des compagnons d'une heure qu'il oubliait aussitôt quittés. Un soir, ils étaient trois, assis dans un café assez misérable pour que leur présence ne gênât pas le patron. Le verre d'eau-de-vie coûtait quinze sous et ils en avaient bu chacun deux. Leurs faibles têtes s'échauffant, ils s'entretinrent de leur passé. La règle du jeu semblait être d'accepter les mensonges les plus énormes. Parlant à son tour, Martin, avec un effort de sincérité qui intimida ses deux compagnons, commença ainsi :

— Je ne sais plus si j'ai été heureux. A l'âge de trente-quatre ans j'ai épousé une veuve très riche. Une femme millionnaire. J'avais hôtel particulier, domestiques, voitures, un château en Touraine, des villas au bord de la mer. Je portais un monocle. Je semais l'or à pleines mains...

Quelques jours plus tard, le hasard conduisait Martin sur la petite place où il s'était assis si souvent. Il la traversa sans la reconnaître ni prendre garde à la statue et ce fut à peine si une obscure inquiétude lui fit presser le pas.

Le romancier Martin	9
Je suis renvoyé	41
L'élève Martin	57
Le temps mort	77
Le cocu nombreux	95
L'âme de Martin	111
Rue de l'Évangile	127
Conte de Noël	147
La statue	159

DU MÊME AUTEUR

Aux Éditions Gallimard

ALLER-RETOUR, *roman.*

LES JUMEAUX DU DIABLE, *roman.*

LA TABLE AUX CREVÉS, *roman.*

BRÛLEBOIS, *roman.*

LA RUE SANS NOM, *roman.*

LE VAURIEN, *roman.*

LE PUITS AUX IMAGES, *roman.*

LE NAIN, *nouvelles.*

MAISON BASSE, *roman.*

LE MOULIN DE LA SOURDINE, *roman.*

GUSTALIN, *roman.*

DERRIÈRE CHEZ MARTIN, *nouvelles.*

LES CONTES DU CHAT PERCHÉ.

LE BŒUF CLANDESTIN, *roman.*

LA BELLE IMAGE, *roman.*

TRAVELINGUE, *roman.*

LE PASSE-MURAILLE, *nouvelles.*

LA VOUIVRE, *roman.*

LE CHEMIN DES ÉCOLIERS, *roman.*

LE VIN DE PARIS, *nouvelles.*

URANUS, *roman.*

EN ARRIÈRE, *nouvelles.*

LES OISEAUX DE LUNE, *théâtre.*

LA MOUCHE BLEUE, *théâtre.*

LES TIROIRS DE L'INCONNU, *roman.*

LOUISIANE, *théâtre.*

LES MAXIBULES, *théâtre.*

LE MINOTAURE précédé de LA CONVENTION BELZÉBIR et de CONSOMMATION, *théâtre.*

ENJAMBÉES, *contes.*

COLLECTION FOLIO

Dernières parutions

4065. Raphaël Confiant	*Nuée ardente.*
4066. Florence Delay	*Dit Nerval.*
4067. Jean Rolin	*La Clôture.*
4068. Philippe Claudel	*Les petites mécaniques.*
4069. Eduardo Barrios	*L'enfant qui devint fou d'amour.*
4070. Neil Bissoondath	*Un baume pour le cœur.*
4071. Jonathan Coe	*Bienvenue au club.*
4072. Toni Davidson	*Cicatrices.*
4073. Philippe Delerm	*Le buveur de temps.*
4074. Masuji Ibuse	*Pluie noire.*
4075. Camille Laurens	*L'Amour, roman.*
4076. François Nourissier	*Prince des berlingots.*
4077. Jean d'Ormesson	*C'était bien.*
4078. Pascal Quignard	*Les Ombres errantes.*
4079. Isaac B. Singer	*De nouveau au tribunal de mon père.*
4080. Pierre Loti	*Matelot.*
4081. Edgar Allan Poe	*Histoires extraordinaires.*
4082. Lian Hearn	*Le clan des Otori, II : les Neiges de l'exil.*
4083. La Bible	*Psaumes.*
4084. La Bible	*Proverbes.*
4085. La Bible	*Évangiles.*
4086. La Bible	*Lettres de Paul.*
4087. Pierre Bergé	*Les jours s'en vont je demeure.*
4088. Benjamin Berton	*Sauvageons.*
4089. Clémence Boulouque	*Mort d'un silence.*
4090. Paule Constant	*Sucre et secret.*
4091. Nicolas Fargues	*One Man Show.*
4092. James Flint	*Habitus.*
4093. Gisèle Fournier	*Non-dits.*
4094. Iegor Gran	*O.N.G. !*
4095. J.M.G. Le Clézio	*Révolutions.*

4096.	Andreï Makine	*La terre et le ciel de Jacques Dorme.*
4097.	Collectif	*« Parce que c'était lui, parce que c'était moi ».*
4098.	Anonyme	*Saga de Gísli Súrsson.*
4099.	Truman Capote	*Monsieur Maléfique* et autres nouvelles.
4100.	E. M. Cioran	*Ébauches de vertige.*
4101.	Salvador Dali	*Les moustaches radar.*
4102.	Chester Himes	*Le fantôme de Rufus Jones* et autres nouvelles.
4103.	Pablo Neruda	*La solitude lumineuse.*
4104.	Antoine de St-Exupéry	*Lettre à un otage.*
4105.	Anton Tchekhov	*Une banale histoire.*
4106.	Honoré de Balzac	*L'Auberge rouge.*
4107.	George Sand	*Consuelo I.*
4108.	George Sand	*Consuelo II.*
4109.	André Malraux	*Lazare.*
4110.	Cyrano de Bergerac	*L'Autre Monde.*
4111.	Alessandro Baricco	*Sans sang.*
4112.	Didier Daeninckx	*Raconteur d'histoires.*
4113.	André Gide	*Le Ramier.*
4114.	Richard Millet	*Le renard dans le nom.*
4115.	Susan Minot	*Extase.*
4116.	Nathalie Rheims	*Les fleurs du silence.*
4117.	Manuel Rivas	*La langue des papillons.*
4118.	Daniel Rondeau	*Istanbul.*
4119.	Dominique Sigaud	*De chape et de plomb.*
4120.	Philippe Sollers	*L'Étoile des amants.*
4121.	Jacques Tournier	*À l'intérieur du chien.*
4122.	Gabriel Sénac de Meilhan	*L'Émigré.*
4123.	Honoré de Balzac	*Le Lys dans la vallée.*
4124.	Lawrence Durrell	*Le Carnet noir.*
4125.	Félicien Marceau	*La grande fille.*
4126.	Chantal Pelletier	*La visite.*
4127.	Boris Schreiber	*La douceur du sang.*
4128.	Angelo Rinaldi	*Tout ce que je sais de Marie.*
4129.	Pierre Assouline	*État limite.*
4130.	Élisabeth Barillé	*Exaucez-nous !*
4131.	Frédéric Beigbeder	*Windows on the World.*
4132.	Philippe Delerm	*Un été pour mémoire.*

4133.	Colette Fellous	*Avenue de France.*
4134.	Christian Garcin	*Du bruit dans les arbres.*
4135.	Fleur Jaeggy	*Les années bienheureuses du châtiment.*
4136.	Chateaubriand	*Itinéraire de Paris à Jerusalem.*
4137.	Pascal Quignard	*Sur le jadis. Dernier royaume, II.*
4138.	Pascal Quignard	*Abîmes. Dernier Royaume, III.*
4139.	Michel Schneider	*Morts imaginaires.*
4140.	Zeruya Shalev	*Vie amoureuse.*
4141.	Frédéric Vitoux	*La vie de Céline.*
4142.	Fédor Dostoïevski	*Les Pauvres Gens.*
4143.	Ray Bradbury	*Meurtres en douceur.*
4144.	Carlos Castaneda	*Stopper-le-monde.*
4145.	Confucius	*Entretiens.*
4146.	Didier Daeninckx	*Ceinture rouge.*
4147.	William Faulkner	*Le Caïd.*
4148.	Gandhi	*La voie de la non-violence.*
4149.	Guy de Maupassant	*Le Verrou et autres contes grivois.*
4150.	D. A. F. de Sade	*La Philosophie dans le boudoir.*
4151.	Italo Svevo	*L'assassinat de la Via Belpoggio.*
4152.	Laurence Cossé	*Le 31 du mois d'août.*
4153.	Benoît Duteurtre	*Service clientèle.*
4154.	Christine Jordis	*Bali, Java, en rêvant.*
4155.	Milan Kundera	*L'ignorance.*
4156.	Jean-Marie Laclavetine	*Train de vies.*
4157.	Paolo Lins	*La Cité de Dieu.*
4158.	Ian McEwan	*Expiation.*
4159.	Pierre Péju	*La vie courante.*
4160.	Michael Turner	*Le Poème pornographe.*
4161.	Mario Vargas Llosa	*Le Paradis — un peu plus loin.*
4162.	Martin Amis	*Expérience.*
4163.	Pierre Autin-Grenier	*Les radis bleus.*
4164.	Isaac Babel	*Mes premiers honoraires.*
4165.	Michel Braudeau	*Retour à Miranda.*
4166.	Tracy Chevalier	*La Dame à la Licorne.*
4167.	Marie Darrieussecq	*White.*
4168.	Carlos Fuentes	*L'instinct d'Inez.*
4169.	Joanne Harris	*Voleurs de plage.*
4170.	Régis Jauffret	*univers, univers.*
4171.	Philippe Labro	*Un Américain peu tranquille.*

4172. Ludmila Oulitskaïa — *Les pauvres parents.*
4173. Daniel Pennac — *Le dictateur et le hamac.*
4174. Alice Steinbach — *Un matin je suis partie.*
4175. Jules Verne — *Vingt mille lieues sous les mers.*
4176. Jules Verne — *Aventures du capitaine Hatteras.*
4177. Emily Brontë — *Hurlevent.*
4178. Philippe Djian — *Frictions.*
4179. Éric Fottorino — *Rochelle.*
4180. Christian Giudicelli — *Fragments tunisiens.*
4181. Serge Joncour — *U.V.*
4182. Philippe Le Guillou — *Livres des guerriers d'or.*
4183. David McNeil — *Quelques pas dans les pas d'un ange.*
4184. Patrick Modiano — *Accident nocturne.*
4185. Amos Oz — *Seule la mer.*
4186. Jean-Noël Pancrazi — *Tout est passé si vite.*
4187. Danièle Sallenave — *La vie fantôme.*
4188. Danièle Sallenave — *D'amour.*
4189. Philippe Sollers — *Illuminations.*
4190. Henry James — *La Source sacrée.*
4191. Collectif — *«Mourir pour toi».*
4192. Hans Christian Andersen — *L'elfe de la rose et autres contes du jardin.*
4193. Épictète — *De la liberté* précédé de *De la profession de Cynique.*
4194. Ernest Hemingway — *Histoire naturelle des morts* et autres nouvelles.
4195. Panaït Istrati — *Mes départs.*
4196. H. P. Lovecraft — *La peur qui rôde* et autres nouvelles.
4197. Stendhal — *Féder ou Le Mari d'argent.*
4198. Junichirô Tanizaki — *Le meurtre d'O-Tsuya.*
4199. Léon Tolstoï — *Le réveillon du jeune tsar* et autres contes.
4200. Oscar Wilde — *La Ballade de la geôle de Reading.*
4201. Collectif — *Témoins de Sartre.*
4202. Balzac — *Le Chef-d'œuvre inconnu.*
4203. George Sand — *François le Champi.*

4204. Constant — *Adolphe. Le Cahier rouge. Cécile.*
4205. Flaubert — *Salammbô.*
4206. Rudyard Kipling — *Kim.*
4207. Flaubert — *L'Éducation sentimentale.*
4208. Olivier Barrot/ Bernard Rapp — *Lettres anglaises.*
4209. Pierre Charras — *Dix-neuf secondes.*
4210. Raphaël Confiant — *La panse du chacal.*
4211. Erri De Luca — *Le contraire de un.*
4212. Philippe Delerm — *La sieste assassinée.*
4213. Angela Huth — *Amour et désolation.*
4214. Alexandre Jardin — *Les Coloriés.*
4215. Pierre Magnan — *Apprenti.*
4216. Arto Paasilinna — *Petits suicides entre amis.*
4217. Alix de Saint-André — *Ma Nanie,*
4218. Patrick Lapeyre — *L'homme-sœur.*
4219. Gérard de Nerval — *Les Filles du feu.*
4220. Anonyme — *La Chanson de Roland.*
4221. Maryse Condé — *Histoire de la femme cannibale.*
4222. Didier Daeninckx — *Main courante* et *Autres lieux.*
4223. Caroline Lamarche — *Carnets d'une soumise de province.*
4224. Alice McDermott — *L'arbre à sucettes.*
4225. Richard Millet — *Ma vie parmi les ombres.*
4226. Laure Murat — *Passage de l'Odéon.*
4227. Pierre Pelot — *C'est ainsi que les hommes vivent.*
4228. Nathalie Rheims — *L'ange de la dernière heure.*
4229. Gilles Rozier — *Un amour sans résistance.*
4230. Jean-Claude Rufin — *Globalia.*
4231. Dai Sijie — *Le complexe de Di.*
4232. Yasmina Traboulsi — *Les enfants de la Place.*
4233. Martin Winckler — *La Maladie de Sachs.*
4234. Cees Nooteboom — *Le matelot sans lèvres.*
4235. Alexandre Dumas — *Le Chevalier de Maison-Rouge.*
4236. Hector Bianciotti — *La nostalgie de la maison de Dieu.*
4237. Daniel Boulanger — *Tombeau d'Héraldine.*
4238. Pierre Clémenti — *Quelques messages personnels.*

4239.	Thomas Gunzig	*Le plus petit zoo du monde.*
4240.	Marc Petit	*L'équation de Kolmogoroff.*
4241.	Jean Rouaud	*L'invention de l'auteur.*
4242.	Julian Barnes	*Quelque chose à déclarer.*
4243.	Nerval	*Aurélia.*
4244.	Christian Bobin	*Louise Amour.*
4245.	Mark Z. Danielewski	*Les Lettres de Pelafina.*
4246.	Marthe et Philippe Delerm	*Le miroir de ma mère.*
4247.	Michel Déon	*La chambre de ton père.*
4248.	David Foenkinos	*Le potentiel érotique de ma femme.*
4249.	Éric Fottorino	*Caresse de rouge.*
4250.	J.M.G. Le Clézio	*L'Africain.*
4251.	Gilles Leroy	*Grandir.*
4252.	Jean d'Ormesson	*Une autre histoire de la littérature française, I.*
4253.	Jean d'Ormesson	*Une autre histoire de la littérature française, II.*
4254.	Jean d'Ormesson	*Et toi mon cœur pourquoi bats-tu.*
4255.	Robert Burton	*Anatomie de la mélancolie.*
4256.	Corneille	*Cinna.*
4257.	Lewis Carroll	*Alice au pays des merveilles.*
4258.	Antoine Audouard	*La peau à l'envers.*
4259.	Collectif	*Mémoires de la mer.*
4260.	Collectif	*Aventuriers du monde.*
4261.	Catherine Cusset	*Amours transversales.*
4262.	A. Corréard et H. Savigny	*Relation du naufrage de la frégate la* Méduse*.*
4263.	Lian Hearn	*Le clan des Otori, III : La clarté de la lune.*
4264.	Philippe Labro	*Tomber sept fois, se relever huit.*
4265.	Amos Oz	*Une histoire d'amour et de ténèbres.*
4266.	Michel Quint	*Et mon mal est délicieux.*
4267.	Bernard Simonay	*Moïse le pharaon rebelle.*
4268.	Denis Tillinac	*Incertains désirs.*
4269.	Raoul Vaneigem	*Le chevalier, la dame, le diable et la mort.*

4270. Anne Wiazemsky	*Je m'appelle Élisabeth.*
4271. Martin Winckler	*Plumes d'Ange.*
4272. Collectif	*Anthologie de la littérature latine.*
4273. Miguel de Cervantes	*La petite Gitane.*
4274. Collectif	*«Dansons autour du chaudron».*
4275. Gilbert Keeith Chesterton	*Trois enquêtes du Père Brown.*
4276. Francis Scott Fitzgerald	*Une vie parfaite* suivi de *L'accordeur.*
4277. Jean Giono	*Prélude de Pan* et autres nouvelles.
4278. Katherine Mansfield	*Mariage à la mode* précédé de *La Baie.*
4279. Pierre Michon	*Vie du père Foucault — Vie de Georges Bandy.*
4280. Flannery O'Connor	*Un heureux événement* suivi de *La Personne Déplacée.*
4281. Chantal Pelletier	*Intimités* et autres nouvelles.
4282. Léonard de Vinci	*Prophéties* précédé de *Philosophie et aphorismes.*
4283. Tonino Benacquista	*Malavita.*
4284. Clémence Boulouque	*Sujets libres.*
4285. Christian Chaix	*Nitocris, reine d'Égypte T. 1.*
4286. Christian Chaix	*Nitocris, reine d'Égypte T. 2.*
4287. Didier Daeninckx	*Le dernier guérillero.*
4288. Chahdortt Djavann	*Je viens d'ailleurs.*
4289. Marie Ferranti	*La chasse de nuit.*
4290. Michael Frayn	*Espions.*
4291. Yann Martel	*L'Histoire de Pi.*
4292. Harry Mulisch	*Siegfried. Une idylle noire.*
4293. Ch. de Portzamparc/ Philippe Sollers	*Voir Écrire.*
4294. J.-B. Pontalis	*Traversée des ombres.*
4295. Gilbert Sinoué	*Akhenaton, le dieu maudit.*
4296. Romain Gary	*L'affaire homme.*
4297. Sempé/Suskind	*L'histoire de Monsieur Sommer.*
4298. Sempé/Modiano	*Catherine Certitude.*
4299. Pouchkine	*La Fille du capitaine.*
4300. Jacques Drillon	*Face à face.*
4301. Pascale Kramer	*Retour d'Uruguay.*
4302. Yukio Mishima	*Une matinée d'amour pur.*

4303. Michel Schneider — *Maman.*
4304. Hitonari Tsuji — *L'arbre du voyageur.*
4305. George Eliot — *Middlemarch.*
4306. Jeanne Benameur — *Les mains libres.*
4307. Henri Bosco — *Le sanglier.*
4308. Françoise Chandernagor — *Couleur du temps.*
4309. Colette — *Lettres à sa fille.*
4310. Nicolas Fargues — *Rade Terminus*
4311. Christian Garcin — *L'embarquement.*
4312. Iegor Gran — *Ipso facto.*
4313. Alain Jaubert — *Val Paradis.*
4314. Patrick Mcgrath — *Port Mungo.*
4315. Marie Nimier — *La Reine du silence.*
4316. Alexandre Dumas — *La femme au collier de velours.*
4317. Anonyme — *Conte de Ma'rûf le savetier.*
4318. René Depestre — *L'œillet ensorcelé.*
4319. Henry James — *Le menteur.*
4320. Jack London — *La piste des soleils.*
4321. Jean-Bernard Pouy — *La mauvaise graine.*
4322. Saint Augustin — *La Création du monde et le Temps.*
4323. Bruno Schulz — *Le printemps.*
4324. Qian Zhongshu — *Pensée fidèle.*
4325. Marcel Proust — *L'affaire Lemoine.*
4327. Bernard du Boucheron — *Court Serpent.*
4328. Gil Courtemanche — *Un dimanche à la piscine à Kigali.*
4329. Didier Daeninckx — *Le retour d'Ataï.*
4330. Régis Debray — *Ce que nous voile le voile.*
4331. Chahdortt Djavann — *Que pense Allah de l'Europe?*
4332. Chahdortt Djavann — *Bas les voiles!*
4333. Éric Fottorino — *Korsakov.*
4334. Charles Juliet — *L'année de l'éveil.*
4335. Bernard Lecomte — *Jean-Paul II.*
4336. Philip Roth — *La bête qui meurt.*
4337. Madeleine de Scudéry — *Clélie.*
4338. Nathacha Appanah — *Les rochers de Poudre d'Or.*
4339. Élisabeth Barillé — *Singes.*
4340. Jerome Charyn — *La Lanterne verte.*
4341. Driss Chraïbi — *L'homme qui venait du passé.*

4342. Raphaël Confiant — *Le cahier de romances.*
4343. Franz-Olivier Giesbert — *L'Américain.*
4344. Jean-Marie Laclavetine — *Matins bleus.*
4345. Pierre Michon — *La Grande Beune.*
4346. Irène Némirovsky — *Suite française.*
4347. Audrey Pulvar — *L'enfant-bois.*
4348. Ludovic Roubaudi — *Le 18.*
4349. Jakob Wassermann — *L'Affaire Maurizius.*
4350. J. G. Ballard — *Millenium People.*
4351. Jerome Charyn — *Ping-pong.*
4352. Boccace — *Le Décameron.*
4353. Pierre Assouline — *Gaston Gallimard.*
4354. Sophie Chauveau — *La passion Lippi.*
4355. Tracy Chevalier — *La Vierge en bleu.*
4356. Philippe Claudel — *Meuse l'oubli.*
4357. Philippe Claudel — *Quelques-uns des cent regrets.*
4358. Collectif — *Il était une fois... Le Petit Prince.*
4359. Jean Daniel — *Cet étranger qui me ressemble.*
4360. Simone de Beauvoir — *Anne, ou quand prime le spirituel.*
4361. Philippe Forest — *Sarinagara.*
4362. Anna Moï — *Riz noir.*
4363. Daniel Pennac — *Merci.*
4364. Jorge Semprún — *Vingt ans et un jour.*
4365. Elizabeth Spencer — *La petite fille brune.*
4366. Michel tournier — *Le bonheur en Allemagne?*
4367. Stephen Vizinczey — *Éloge des femmes mûres.*
4368. Byron — *Dom Juan.*
4369. J.-B. Pontalis — *Le Dormeur éveillé.*
4370. Erri De Luca — *Noyau d'olive.*
4371. Jérôme Garcin — *Bartabas, roman.*
4372. Linda Hogan — *Le sang noir de la terre.*
4373. LeAnne Howe — *Équinoxes rouges.*
4374. Régis Jauffret — *Autobiographie.*
4375. Kate Jennings — *Un silence brûlant.*
4376. Camille Laurens — *Cet absent-là.*
4377. Patrick Modiano — *Un pedigree.*
4378. Cees Nooteboom — *Le jour des Morts.*
4379. Jean-Chistophe Rufin — *La Salamandre.*
4380. W. G. Sebald — *Austerlitz.*

Impression Maury-Eurolivres
45300 Manchecourt
le 2 juin 2006.
Dépôt légal : juin 2006.
1er dépôt légal dans la collection : juillet 1973.
Numéro d'imprimeur : 122480.
ISBN 2-07-036432-1. / Imprimé en France.

144979